# Das Ding
## Ein Science-Fiction-Roman

Richard G. Hole

Science-Fiction und Fantasy

# ZUSAMMENFASSUNG

Die ersten Felsen waren zum Greifen nah.

Sie machte noch zwei oder drei Schritte, und der Schrei kam aus ihrem Inneren und nicht aus den Kopfhörern.

„Hör auf, Astrid! Töte es … bitte … Oh! Töte es... Astrid...

Auch der durchdringende Schrei brach mit der gleichen Wucht wie eine Atomexplosion in ihrem Gehirn aus, und sie drehte sich so hastig um, dass sie beinahe hinfiel.

Sie blickte auf das Schiff, während der Ruf der Qual weiterhin in ihrem Kopf ausbrach, und dann sah sie das Ding.

„Töte es... bitte... bitte...!

Astrid legte ihre linke Hand an ihre Brüste, unterdrückte den Angstschrei, der in ihrer Kehle explodierte, aber nicht von ihrem Helm kam, und mit der anderen nahm sie die kleine kosmische Strahlenkanone, die sie um die Hüfte trug.

Die pelzige Masse rückte vor, zog sich zurück ...

**Das Ding** ist eine Geschichte aus der Science-Fiction-Reihe, einer Sammlung von Science-Fiction- und Fantasy-Romanen

# DAS DING

# KAPITEL I

„...Anruf von KL 1...Anruf von KL 1...Anruf...

Immer wieder, noch viele Male, mit Intervallen von drei bis vier Sekunden.

Außerhalb der III-Galaxie, im Weltraum, war alles still.

Dort, im Hauptquartier, waren die Gesichter angespannt, besorgt...

Sie hörten auf zu senden; sie erwarteten.

Und wie immer antwortete nur Schweigen.

Eine Minute, zwei, drei...

„...Anruf von KL 1. Anruf von KL 1. Antwort.

Oben, im unermesslichen Raum, schwieg das Raumschiff weiter

Unten, auf dem großen Space-Control-Schiff, schwiegen auch sie.

Hoffen auf.

Immer wartend.

Minuten, vielleicht Stunden.

„III Galaxy ruft K L. 1 . . KL anrufen 1. Antwort.

Sternenstille, beängstigend, unermesslich, wie es typisch für das Jenseits der Dritten Galaxis war.

Eine Stille, die für die Zuhörer auf unerwartete Weise gebrochen wurde.

„XA 23 ruft Galaxy III an ... XA. 23, der die III-Galaxie ruft. Hör mal zu. Interplanetare Reise zurück. Wir haben einen Fehler in einem der Triebwerke und wir driften auf einen der Asteroiden zu. Auf einen sich drehenden Asteroiden zu...

Schweigen.

Die Kontrollgeräte, die superelektronischen Gehirne, waren wieder verstummt.

Dann kam eine Stimme:

„Ruf sie an. Das interessiert mich.

Ein paar Sekunden beängstigende Ruhe nach dem Anruf, dann kam die Antwort:

„Es gibt Schwierigkeiten. Der andere Motor ist defekt. Wir nähern uns dem Asteroiden mit Lichtgeschwindigkeit. XA 23 ruft die III-Galaxie an. Antworten.

Das kleine grüne Ding, das Knut war, sagte:

"Gib mir das.

Und er nahm den Raumsender.

Mehrere Sekunden oder vielleicht Minuten lang versuchte es, das XA 23-Schiff zu kontaktieren, scheiterte jedoch, wie es zuvor mit der KL 1 gescheitert war.

Kommunikation unterbrochen.

Seine kleinen Augen waren wie schwarze Nadelspitzen an die Wesen genagelt, die ihn begleiteten.

„Ich glaube, wir haben ein weiteres Schiff verloren", sagte er gefühllos, „aber ... versuchen Sie, Kontakt herzustellen. Ich werde ... schlafen gehen.

Er drehte sich um und ging direkt auf eine der Stahlplatten zu, die ihm den Weg versperrten, die aufschwang und ein eiförmiges Loch hinterließ, nicht größer als ein uralter Wasserkrug, und der grüne Knut verschwand aus dem Raum. Blick auf die anderen, als sie sich hinter ihm schloss.

* * *

In der Kabine schob Astrid die Decke beiseite, zögerte ein wenig und dachte, etwas hätte sie aufgeweckt, aber sie wusste nicht, was, dann bückte sie sich ein wenig, um ein Paar Metallsohlen aufzuheben und sie sich auf die Füße zu stellen. in ihre Hausschuhe gelegt.

Mit unendlicher Vorsicht griff sie nach der Pritsche und glitt mit den Füßen über den Boden, bis die Magnetsohlen beim Kontakt ein leises Klicken machten.

Jetzt selbstbewusster stand Astrid auf und ging zum Spiegel.

Sie sah sich an.

Der Raumanzug, den sie trug, zeigte beneidenswerte Formen für jede Frau, die sie sah.

Was hatte sie geweckt?

Sie runzelte die Stirn, ging zu der Wand, die ihr den Weg versperrte, und sie öffnete sich vor ihr und ließ ihr gerade genug Platz, um hindurchzugehen.

Sie erreichte den Korridor des großen Raumschiffs und sah Kalf.

„Was ist passiert?", fragte sie, sobald sie ihn sah,

Der Mann, ihr Äquivalent, näherte sich und packte sie mit einem seiner Arme um die Taille,

„Wir nähern uns einem Asteroiden", sagte er.

„Und das ist schlimm?

„Auch nicht gut.

"Warum?

Kalf sah sie mit seinen grauen Augen sehr starr an, bevor er antwortete:

„Antriebsmotoren versagen, Astrid.

" Und... ?

„Wir werden hart untergehen.

„Mit viel Kraft?

Kalf rechnete schnell im Kopf nach.

„Nö. Das ist die Wahrheit. Ich wollte dir nur ein bisschen Angst machen.

Astrid hat auch gerechnet.

Es war drei Erdenjahre her, seit sie aus der III-Galaxie zu einem der unzähligen Planeten geschickt worden war, die sich um den Stern Antares drehten, und jetzt, nachdem ihre Mission erfüllt war, kehrte sie zurück.

Sie fragte:

„Sind wir zu weit abgeschweift?

Kalf runzelte die Stirn.

„Ein wenig. Weniger als ein Lichtjahr.

„Hat es Atmosphäre?

„So wie du sie brauchst, Astrid, auf unserem fernen Planeten, fürchte ich nicht.

„Ich trage den Hut", antwortete sie und bezog sich natürlich auf den durchsichtigen Rumpf, wenn sie aus dem einen oder anderen Grund ein Schiff verlassen musste, um auch an Orte zu gehen, an denen es keine Atmosphäre gab.

"Kommen.

Er hielt sie immer noch an der Hüfte fest und zerrte sie beinahe in das riesige Cockpit der XA 23, vor dem er an der Eingangstafel stehen blieb.

„Weißt du, dass du schön bist, Astrid? ", sagte er aus heiterem Himmel und sah sie an.

Sie war die einzige Frau an Bord und Astrid wusste es.

"Ja. Zumindest ist es das...

Er küsste sie, schnitt ihr das Wort ab, und Astrid legte ihre Hände auf seinen Nacken.

„Das ist alles wunderschön", sagte sie, eine Sekunde bevor sie ihre Lippen in einem Kuss auf Kalfs drückte, der ihn verblüffte .

Eine Minute später öffnete sich die magnetische Tür, das Panel, vor ihnen und sie gingen auf die andere Seite.

Ming stand vor dem Kontrollpult des Raumschiffs.

Er sah sie an, während der Bildschirm zu seiner Rechten ihre Bilder hinter ihm widerspiegelte.

" Etwas Neues?

Ming brauchte ein paar Sekunden, um zu antworten.

„Wir haben den Kontakt zu 111 Galaxy Space Control verloren.

„Gib mir die Sender, Ming.

Ming zögerte nicht, sah ihn nicht einmal an, als er mit seiner blauen Hand in die Richtung dessen deutete, was er verloren hatte.

„Sieh es dir an", sagte er.

Er sah Astrid nicht an.

Für ihn war es, als gäbe es das Mädchen nicht.

Sein Fortpflanzungssystem war anders und Astrid war für ihn in jeder Hinsicht etwas völlig Unbegreifliches.

Kalf antwortete nicht.

Er setzte sich neben sie und versuchte Kontakt aufzunehmen, konnte es aber nicht.

„Was ist los?", fragte er danach.

„Ich weiß es nicht", antwortete Ming. Wir weichen ab. Das ist alles.

„Die Motoren ...?

Ming sah ihn an.

Sein blaues Gesicht war ausdruckslos.

„Wir sind in zwanzig Minuten da ... Na ja, in einer dieser zwanzig Minuten, auf die man sich normalerweise verlassen kann.

Astrid intervenierte.

„Werden wir zu diesem Asteroiden hinabsteigen? Ich meine, wenn ...

„Ich weiß, was du meinst, Astrid", unterbrach Ming, und meine Antwort lautet nein. Wenigstens du.

"Warum?

In Astrids Augen lag Trotz.

"Du bist eine Frau.

„Und als solche ein bisschen besser als du. Du bist für nichts gut, außer ein interplanetares Schiff zu steuern. Sag mir, Ming, woher kommst du?'

„Von einem Ort ... von den Sternen. Etwas Unbegreifliches für deinen stumpfen Verstand. Astrid.'

„Gehst du runter? Sie fragte.

"So ist es.

„Dann werde ich das auch.

„Du schaffst das. Ich, Kommandeur der XA. 23, ich kann dich nicht aufhalten.

„Aber du wirst dich beim Großen Rat beschweren.

"So werde ich es machen.

„Wenn wir dort ankommen", sagte Astrid langsam. Nichts funktioniert auf diesem Schiff, wie ich sehe. Nur die Düsentriebwerke, sonst wären wir schon abgestürzt. Komm schon, ich will es sehen.

Ming richtete seine kleinen Diamantaugen auf Kalfs Gesicht.

Er sagte nichts.

„Schau es dir an, Astrid, und ich hoffe, es gefällt dir genauso wenig wie mir.

Sie ging zum Armaturenbrett hinüber und achtete sehr darauf, nicht dagegen zu stoßen, als sie an ihm vorbeiging.

Der kleine Bildschirm leuchtete auf.

Der Einschub, der Asteroid, der sich ihnen mit unglaublicher Geschwindigkeit nähert.

„Es ist sehr groß?", fragte er mit großen Augen.

„Ungefähr fünfhundert Ihrer Quadratmeilen. Astrid", antwortete Ming. Keine Atmosphäre und kaum Schwerkraft.

„Was sich als nützlich erweisen wird, um uns aufzustehen, sobald wir diese Panne behoben haben.

„Ja, das können wir", antwortete Ming.

Astrid antwortete nicht.

Es war, als hätte sie ihn nicht gehört.

Ihre großen schwarzen Augen waren auf den kleinen elektronischen Bildschirm gerichtet.

Schwärze und Punkte bewegen sich von einer Seite zur anderen, ebenfalls mit unglaublicher Geschwindigkeit.

Astrid wusste, dass es die Sterne waren.

Unter ihnen die klügste, Antares, die er gerne besucht hätte, aber der Große Rat hatte es verboten.

Unten, fast unter ihr, der Asteroid, dem sie sich näherten.

„Es besteht Gefahr?

Ich hatte es nicht erwartet, aber es war Kalf, der antwortete:

„Kosmischer Rock, Astrid. Etwas völlig Unbewohntes. Es wird keine Gefahr bestehen.

Mings Augen wanderten zu dem kleinen, fluoreszierenden Bildschirm.

Er sagte nichts.

"Wirst du mit mir kommen?

In diesem Moment sprach er:

„Ich gehe selbst runter, Astrid", sagte er. Kalf bleibt auf dem Schiff.

Kosmisches Gestein.

Jetzt sah er es mit fast vollkommener Klarheit.

Rock, Rock und noch mehr Rock; scharfe Kanten...

Etwas Unheimliches.

Eine kleine Welt der Stille, ohne Luft, ohne Wasser, voller Staub und durchlöchert vom Einschlag von Abermillionen Meteoriten.

Eine mysteriöse kosmische Welt, die sich mit Lichtgeschwindigkeit um Antares dreht.

Eine Welt aus gespenstischen Schatten.

Astrid schauderte, aber keiner der beiden Wesen an ihrer Seite bemerkte die Tatsache.

Sie wandte ihre Augen vom Bildschirm ab und sah Ming an, als Kalfs Arm bereits um ihre Taille lag.

„Erwartest du, dass ich damit im Schiff bleibe, Ming? "Sie fragte.

Das blaue Gesicht des Kommandanten wurde fluoreszierend.

„Ich hoffe zu Ihrem gesunden Menschenverstand, dass Sie das tun. Aber ich werde nicht versuchen, dich aufzuhalten, Astrid.

Das Mädchen antwortete nicht.

Ihre rechte Hand ruhte auf Kalfs Arm.

"Ich liebe dich, Astrid... ich liebe dich... ich liebe dich so sehr..."

Das gefiel ihr.

Es waren Worte von Stunden oder Tagen zuvor; Sein Verstand konnte die unermessliche Zeit des Weltraums nicht erfassen, aber er mochte es.

Sie drückte sich an ihn.

„Kalf.

"Ja...?

„Warnen Sie über die Sprechanlage, dass wir in drei Minuten untergehen.

Kalf reagierte nicht, zog Astrid mit sich und die beiden verließen den Kontrollraum.

# KAPITEL II

Die Oberfläche des Asteroiden war nicht wie auf dem Mond mit Kratern bedeckt.

Astrid erinnerte sich genau daran.

Es war einfach eine Fläche aus zerklüftetem, eingesunkenem Felsen. Ein Steinblock, möglicherweise vor Jahrtausenden von einem unbekannten Planeten abgelöst.

Von eiförmiger Form, und wo es dank seiner dicken Eisenschuhe stehen bleiben konnte, ohne in den Weltraum geschleudert zu werden, da es ihm fast an Schwerkraft fehlte.

Mings Stimme erreichte ihr Ohr durch die kleinen Kopfhörer auf beiden Seiten des Helms, den sie trug:

„Geh nicht zu weit, Astrid.

Sie antwortete nicht.

Das Raumschiff war in umgekehrter Richtung auf der staubigen Oberfläche des Asteroiden gelandet, und seine leuchtende und brillante Spitze zeigte auf die Sterne und Himmelskörper, aus denen das Sternbild Antares bestand.

"Du hast mich verstanden?

Astrid zuckte zusammen.

"Ja.

„Nun denn, antworte.

Sie sah ihn an.

Ming kauerte neben einem der Antriebsmotoren, wie ein Wurm, wie ein schleimiges, uniformes Ding, aber mächtig intelligent.

Von einer übernatürlichen Intelligenz.

Sie begann, sich Schritt für Schritt vom Schiff abzuheben, versenkte ihre Stiefel in dem dicken grauen und ockerfarbenen Staub, der den Boden des Asteroiden bildete, und bewegte sich immer weiter vom Raumschiff weg, mehr als alles andere von ihrer wissenschaftlichen Neugier getrieben.

Auf dem Boden mischte sich Mings blauer Körper mit der Bemalung des Raumschiffs.

Astrid ging weiter nach vorne.

Die ersten Felsen waren zum Greifen nah.

Sie machte noch zwei oder drei Schritte, und der Schrei kam aus ihrem Inneren und nicht aus den Kopfhörern.

Der Große Rat hatte es verboten, aber die Tatsache war real:

„Hör auf, Astrid! Töte es ... bitte ... Oh! Töte es... Astrid...

Auch der durchdringende Schrei brach mit der gleichen Wucht wie eine Atomexplosion in ihrem Gehirn aus, und sie drehte sich so hastig um, dass sie beinahe hinfiel.

Sie blickte auf das Schiff, während der Ruf der Qual weiterhin in ihrem Kopf ausbrach, und dann sah sie das Ding.

„Töte es... bitte... bitte...!

Astrid legte ihre linke Hand an ihre Brüste, unterdrückte den Angstschrei, der in ihrer Kehle explodierte, aber nicht von ihrem Helm kam, und mit der anderen nahm sie die kleine kosmische Strahlenkanone, die sie um die Hüfte trug.

Die pelzige Masse rückte vor, zog sich zurück ...

* * *

Knut schien sich einer Metamorphose zu unterziehen, als er sich auf dem Bett ausstreckte und seine Tentakel um seinen runden grünen Dingkörper ausbreitete.

Dann öffnete er seine kleinen Augen, sah sich um und sprang vom Bett auf den Boden, wo er schnell zu den Paneelen glitt, die ihm den Weg versperrten und die sich öffneten, als seine fast durchsichtige Masse die Kernzelle durchbrach, die die Türen verschlossen hielt.

Er ging auf die andere Seite.

Seine außergalaktischen Gefühle änderten sich nicht im Geringsten, und sein einzelliger Körper erzitterte nicht im Geringsten, als er sich dem Kontrollraum der III-Galaxie näherte.

„Wie geht das?", fragte er mit seltsam dunkler Stimme.

"Das gleiche wie vorher.

Vorher oder nachher.

Es spielte keine Rolle.

Die Zeit zählte nicht in Sekunden, Minuten oder Stunden.

Nicht für Lichtjahre oder Lichtjahrhunderte.

Es war eine einfache mathematische Berechnung, die damals nicht zählte.

"Neuigkeiten...?" Er Artikel.

Die zwanzig, die dort zwischen den elektronischen Gehirnen, zwischen den interplanetaren Kontrollsystemen arbeiteten, sahen ihn an, als wäre die Frage allen gemeinsam gestellt worden.

Aber nur Dee antwortete.

„Der XA 23 antwortet nicht. Es muss verloren gegangen sein.

„Ja, das ist es", antwortete Knut mit monotoner Stimme. Er winkte, Dee trat von den Kontrollen weg, und Knut kletterte mit einer seiner Pfoten auf den Sitz.

„Galaxy III ruft XA 23 an ... Galaxy III ruft XA 23 an. Antwort.

Schweigen.

Absolut, seltsam, beängstigend, das kam ihm aus der Antares-Konstellation zwischen Flüstern, Pfeifen, die von ätherischen und nicht greifbaren Dingen sprachen.

„Space Control ruft XA 23 an. III Galaxy ruft XA 23 an. Antwort.

Irgendein.

Vom Unbekannten, dort in den Sternen, kam eine abstoßende Stille, aber Knut nahm nichts wahr.

Plötzlich änderte es die Frequenz.

„Space Control ruft KL 1. Space Control ruft KL 1. Antwort.

Er verstummte, und seine kleinen Augen, hell wie Diamantspitzen, blickten auf die, die ihn beobachteten.

„Ich muss mich melden", sagte er.

Umgekehrt rutschte es am Sitzbein herunter und auf den Boden.

Seine farbwechselnden Augen waren so grün wie sein Körper, als er Dees schweigende Gestalt anstarrte.

„Ich gehe schlafen", präzisierte er.

Er schien über den Boden zu kriechen, als er sich der Tür näherte, die sich wie gewöhnlich öffnete, um ihn durchzulassen.

Dee, blond und stark wie ein Nordmann des zwanzigsten Jahrhunderts auf der Erde, setzte sich ans Steuer.

Lillie näherte sich ihm, zögerte ein paar Sekunden und legte schließlich eine ihrer kleinen Hände mit langen, schlanken, gepflegten Fingern auf seinen Arm.

Dee wandte den Blick von dem Bildschirm ab, der den schwarzen Himmel spiegelte und der im Gegensatz dazu kein Bild irgendeines interstellaren Schiffes zeigte, und richtete sich auf sie.

„Was denkst du darüber?", fragte er.

„Dass ich dieses grüne Ding am liebsten unter meinen Füßen zertreten würde.

Aber auch sie selbst war sich der Wahrheit ihrer Gefühle gegenüber Knut nicht sicher.

„Und ich auch... aber das ist etwas... etwas, was wir nicht tun können", erwiderte Dee ernst. Wir würden zu einem der Asteroiden deportiert, die Jupiter in Dimension 1 umkreisen.

Lilli seufzte.

Sie erinnerte sich an Mutter Erde.

„Rufen Sie weiter an, Dee", sagte sie.

Dee tat es noch einmal; einige mehr...

Die räumliche Stille hielt an.

* * *

Der grauenerregende Schrei stieg aus ihrer Kehle wie ein unaufhaltsamer Strom, aber er blieb dort, in der Glocke über ihrem Kopf, und betäubte sie viel mehr, als wenn es Mings Stimmen gewesen wären.

Min...

Wo war Ming?

Sie passte jetzt nicht auf ihn auf, noch lauschte sie auf den Klang seiner Stimme.

Nur das Ding, der Terror, der sich hin und her bewegte, sich scheinbar auf sie zu bewegte, sich zurückzog, seine ekelhafte Masse aus haarigem Gelee ergoss sich auf die Oberfläche des Asteroiden.

„Hör auf, Astrid ...!

Sie hörte auf zu schreien, und mit der kosmischen Strahlenkanone an ihrer schlanken Taille drückte Astrid den Abzug.

Aber als sie es tat, war der Schrecken nicht länger vor ihren Augen und die telepathisch an ihr Gehirn übermittelten Stimmen waren nicht mehr zu hören, obwohl sie das nicht wusste.

Dort im Hintergrund, neben dem Schiff, neben einem der Motoren, die er gerade repariert hatte, verwandelte sich Ming in eine orangefarbene Wolke, als der Blitz seinen Körper berührte, und verschwand.

Astrid hob ihren gepanzerten Arm an die Stirn, aber sie konnte nur diese Art Glocke berühren, die ihren Kopf bedeckte.

Seufzen.

Neben ihren kleinen Ohren war der Sender stumm.

Vor ihren Augen war der Albtraum verschwunden.

Ming würde sich freuen.

Er würde ihr gratulieren und sogar ihr Name würde auf den Diamantenlisten des Großen Rates der Dritten Galaxis landen.

Blickte auf.

Die Sterne, die Stille, der kosmische Staub, der wie eine Todesdecke über dem Asteroiden hängt.

Fern, wenn auch nicht so weit, dass er es mit seinen Händen nicht erreichen konnte, über der schmalen Linie des Asteroidenhorizonts; Antares.

Sie sah sich zitternd um.

Dann das Schiff, ein paar Schritte entfernt; nichts bewegt.

Sie legte ihre Hand an ihr rechtes Ohr, an den äußeren Teil, der dazu korrespondierte, und versuchte, den Sender einzustellen.

Es war gut.

Er fing an, Ming anzurufen.

Schweigen.

Sie war überwältigt.

Sie hatte das Ding getötet.

Aber wenn ja, warum hat Ming nicht geantwortet?

Auf ihre eigene Frage überkam sie ein Gefühl des Entsetzens und in diesem Moment rannte Astrid, ohne die Waffe loszulassen, auf das Schiff zu.

Ihre Gravstiefel leisteten ihr gute Dienste, aber es stimmte auch, dass sie ihnen helfen musste.

Sie tat es nicht, dachte nicht einmal darüber nach, also stürzte sie mehrmals, bevor sie das Raumschiff erreichte.

Erst dann legte sie die kosmische Strahlungskanone weg, hielt sich an der Leiter fest und begann, zur Vordertür zu klettern.

„Sag es nicht, Astrid, hast du verstanden? Sie müssen ebenso wie ich darüber schweigen, was wir da draußen gesehen haben. Andererseits hast du es getötet, Astrid, verstehst du das? Keine Notwendigkeit, die Crew oder Kalf zu alarmieren.

Astrid blieb abrupt stehen, beide Hände an der Tür.

Dann spähte er in seinen Verstand.

„Ming...? fragte sie mit telepathischer Stimme.

"Ja.

„Das ist nicht normal. Es ist nicht aktuell. Der Große Rat hat es verboten.

Mings Lachen überraschte sie ein wenig, da sie ihn noch nie lachen gehört hatte, seit sie das Raumschiff bestiegen hatte.

„Sie können uns jetzt nicht hören, Astrid", eine Pause in ihrem Gehirn, und dann übermittelten ihr ihre Sinneszellen die Botschaft: „Du wirst es ihnen auch nicht sagen. Komm schon, komm rein.

„Diese Motoren ...", begann er.

„Komm herein, Astrid; Ich kümmere mich darum, sie fertig zu reparieren.

Das Mädchen antwortete nicht.

Sie trat über die Schwelle und fand sich in dem langen, getäfelten Korridor wieder, reich beleuchtet, hell und still.

Sie machte einen Schritt, zwei, drei, und ihr Geist wiederholte den Satz in ihm, übersetzt in eine neue Frage;

„Wohin gehst du jetzt, Astrid?

„Um Kalf zu sehen.

„Wirst du es ihm sagen?

„Nicht, wenn du es nicht willst.

„Ich sagte, es sei ein Befehl; dass du vergisst

"Ja, ich weiß.

Ihr Verstand wurde leer.

Sie ging weiter zum Kontrollraum, wo sie wusste, dass er Kalf finden würde.

„Ich liebe dich, Astrid ... ich liebe dich und ich will dich. Du weißt das, oder? Ich will, dass du mir gehörst..."

Sie hatte geantwortet, dass sie es wisse, aber nicht mehr. Dann kann es passieren oder auch nicht. Sie wusste es nicht, aber sie mochte das Murmeln dieser Stimme neben ihrem Ohr und die Liebkosung dieser Hände auf ihrer Haut.

Plötzlich blieb sie stehen, zögerte ein wenig und rief im Geiste:

„Ming... Ming... Hörst du mich, Ming?

"Ja.

"Wo bist du? Ich kann nicht in deine Gedanken eintauchen und deshalb...

„Raus, einen der Motoren fertig machen. Sagen Sie Kalf, er soll bereitstehen und den Befehl geben, das gesamte Schiff vor dem Start zu durchsuchen.

„Einverstanden. Aber ... nutze diese Kraft nicht mehr; ich mag sie nicht.

"Hast du Angst?

„Du kannst alle meine Gedanken erraten. Selbst wenn... ich mich ausziehe.

„Ich weiß. Aber das mache ich nicht. Wir sind nicht gleich, Astrid, und dein Körper sagt mir nichts. Nichts, verstehst du?

„Trotzdem gefällt es mir nicht.

„Ich werde es nicht mehr tun, das verspreche ich dir.

Astrid verstummte und machte einen Schritt auf die Tafel zu, die Türen öffneten sich und Kalf drehte den Kopf, sobald er sie neben sich im Bildschirm gespiegelt sah.

„Und Meng? Er hat gefragt.

Astrid nahm ihren durchsichtigen Helm ab.

„Draußen. Macht die andere Maschine fertig. Er sagte, ich solle den Suchbefehl weitergeben, ich denke, wir werden in Kürze aufbrechen.

Kalf riss seinen Blick von ihrem los, nahm einen kleinen Sender, ähnlich den Handapparaten, die vor fünftausend Jahren auf der Erde verwendet wurden, und führte ihn an seine Lippen.

„Jem...?", fragte er.

Die Stimme kam mit perfekter Klarheit durch.

"Kontrollraum. Was Neues, Kalf?

"Lass uns gehen. Überprüfen Sie das alles und geben Sie mir den Bericht.

„Und Ming...?

"Ende. Anscheinend war dieser Fehler nicht so wichtig.

„Und die Sender?

„Helius versucht herauszufinden, warum sie nicht funktionieren.

Ohne eine Antwort abzuwarten, brach Kalf die Kommunikation ab.

Astrids Hände lagen auf seinen Schultern; Ihre Augen funkelten.

"Du liebst mich?

Sie verzog das Gesicht.

"Ich weiß nicht.

"Versuche es herauszufinden.

„Habe ich schon", lächelte er. Vielleicht... Vielleicht fange ich an, dich zu wollen und...

" Und... ? wiederholte er wie ein Echo.

„Ich weiß immer noch nicht, ob es wahr ist oder nicht.

Kalf brauchte einige Sekunden, um zu antworten.

Und als er das tat, stellte er eine neue Frage:

„Wir könnten zusammen gehen, oder?

„Ich bin auf dem zweiten Planeten der Ersten Galaxie stationiert, Kalf.

Und sie drückte seine Hände gegen seine Schultern. Kalfs waren jetzt um ihre Taille.

„Trotzdem", sagte er, „könnten wir zusammen gehen. Warum kündigen Sie diesen Job nicht, Astrid?

"Um Kinder großzuziehen?

"Und warum nicht?

„Daran ist für mich nichts Wissenschaftliches, Kalf, verstehst du? Nein, du verstehst es vielleicht nicht, aber es ist so. Für mich ist es ein sehr langer und mühsamer Prozess; empfindlich.

"Dann...

Astrid unterbrach ihn.

»Ming wird in ein paar Minuten hier sein«, sagte er, »und wir verschwinden von hier. Ich... ich werde in meiner Kabine sein. Ruf mich an wenn du mich brauchst.

Sie wandte sich ab, und Kalfs Augen wanderten zu dem komplizierten Armaturenbrett vor ihm.

Lichter, die sich einschalten..., die sich ausschalten..., die sich einschalten...

Ein Gelb.

Er nahm den Sender.

"Ja...?

„Übertragungsraum" , sagte Helius' Stimme. Es gibt keine Schuld. Wir können kommunizieren.

"Wie...?

„Ich weiß nicht, Kalf. Es war etwas völlig Unerwartetes. All dies wurde plötzlich umgesetzt.

„Richtig. Kontaktieren Sie die Weltraumkontrolle bei Galaxia III und sagen Sie ihnen, dass wir in ein paar Minuten abheben und alles in Ordnung ist.

„Ming...?

„Raus", wiederholte er noch einmal. Ende.

Er legte auf und wartete darauf, dass Jem ihm vor dem großen Spiel eine letzte Nachricht überbrachte.

# KAPITEL III

Sein Verstand war leer.

Kalf bemühte sich, sie unter Kontrolle zu halten, versuchte, sie zum Nachdenken zu bringen, aber es gelang ihm nicht.

Sein Gehirn fühlte sich an wie ein Schwamm, oder zumindest fühlte er sich so.

Er versuchte auch, gegen das anzukämpfen, was ihn innerlich besessen hatte, sich zu bewegen, und er konnte es nicht.

„Kalf...

Er schwitzte und im Inneren des Schiffes wurde die Temperatur kontrolliert, konditioniert, entsprechend der Konstitution jedes seiner Besatzungsmitglieder.

„Ja...?" „Sein Gehirn hat normal funktioniert." Wer ruft mich an?

„Ming.

Sein Antlitz verdunkelte sich.

"Wo sind Sie?

„Im Senderaum. Ich nahm Kontakt mit Space Control auf.

" Und... ?

„Macht euch bereit, wir heben ab.

Kalf brauchte ein paar Sekunden, um zu antworten.

„Hast du ihnen gesagt, dass du mit mir durch deinen Verstand kommunizierst?

Und so wie Astrid überrascht war, war auch er überrascht, als er ihn lachen hörte.

„Jetzt hören sie uns nicht mehr" waren auch die gleichen Worte, die ich schon zu dem Mädchen gesagt hatte. Du wirst es ihm auch nicht sagen.

"Noch etwas?

Mings Stimme klang dunkel durch den mentalen Aufruhr, der ihn im Moment beherrschte.

„Überprüfen Sie das alles; Zählen Sie bis Null herunter und senken Sie den Hebel.

"Die Tür...

Mining lachte.

„Draußen ist alles bereit, Kalf. Da benutzt Du auch Deinen Verstand. Das gefällt dem Großen Rat auch nicht.

Hat nicht geantwortet.

Ming hörte auch auf, an ihn zu senden.

Die innere Leere, die er erlebte, hörte auf und mit klarem Verstand richtete er seine Augen auf die Kontrollen.

Er fing an, Knöpfe zu drücken, Zahlen zu überprüfen, die wechselnden Lichter zu kontrollieren, die auf der Wandtafel vor ihm sprachen, und plötzlich begann er Sekunde für Sekunde zu zählen, indem er das alte System der Erde benutzte, als der erste Mensch, vor Jahrtausenden auf den Mond trat.

„...Drei...zwei...eins...null.

Er senkte den Hebel.

Mit einem schrecklichen Pfeifen und entfesseltem Höllengebrüll hob das Raumschiff von der Asteroidenwüste ab und segelte durch Flammen in den Weltraum, über ihnen, schneller und höher, den Sternen entgegen, dem Firmament von Antares entgegen.

Im Kommunikationsraum brütete Helius über all der riesigen Elektronik, den Computern, und alle Diagramme zeigten auf dasselbe.

Alles, genau alles, hat perfekt funktioniert.

Dagegen war die Übertragung mit Space Control glasklar und glasklar.

Helius wollte sich umdrehen, konnte aber nicht,

Ein Licht, das angeht..., das angeht..., das angeht...

Er nahm das Raumkomlink und wartete.

„Galaxy III ruft XA 23 an, Galaxy III ruft XA 23 an. Antwort.

Helius kannte Knuts Stimme zu gut und antwortete;

„ Intersterreales Schiff zur III-Galaxie. Kontakt. Ich höre dich perfekt. An Bord läuft alles normal.

Knuts Stimme unterbrach ihn.

„Lass das jetzt, das ist egal", sagte er. Kurs ändern auf 2 LM, 3. Ming kontaktieren und Auftrag weitergeben.

„Einverstanden. Sonst noch etwas?

„Hören Sie einfach weiter auf weitere Anweisungen. Der Kurswechsel muss genau innerhalb von dreißig Minuten erfolgen. Kurz.

Schweigen ... Lang, schwer, über ihren Schultern hängend, und es war seltsam.

Das war ihm, soweit er sich erinnerte, noch nie passiert; noch nie so ein Gefühl erlebt.

Er ließ die Gegensprechanlage los und breitete vor seinen Augen eine Karte des Sternbilds Antares aus, darauf richtete er seinen Kurs ein und erstarrte ...

Ich habe es nicht verstanden.

Nach einem kurzen Zögern, das Sekunden dauerte, nahm Helius einen der Innenhörer und begann zu rufen.

Ein paar Sekunden später erreichte ihn Kalfs Stimme.

"Ja...?

„Kommunikationsraum", sagte er. Ich bin Helios.

"Was ist los?

"Mindest...?

„Nein das. Etwas Neues?

»Versuchen Sie, ihn zu finden, Kalf. Es gibt einen Richtungswechsel. Ich habe gerade die Bestellung erhalten.

Auf der anderen Seite, im Kontrollraum des riesigen interstellaren Schiffes, schwieg Kalf einige Sekunden und antwortete schließlich:

„Geben Sie mir den neuen Kurs, Helius.

Tat.

Eine neue Stille, beängstigender, schwerer denn je.

Helius selbst unterbrach ihn mit einer Frage:

„Stimmt etwas nicht, Kalf?

„Nein. Ich habe nachgedacht.

"In was?

„Sie schicken uns nach Ceres, richtig?

„Ja, so ist es.

„Gibt es keinen Irrtum, Helius?

„Nö. Das gesamte Kommunikationssystem funktioniert einwandfrei.

„Wer hat den Auftrag erteilt?

„Knut.

Kalf schwieg einige Sekunden und antwortete:

„Ich kann es nicht erklären.

"Ich auch nicht.

Es gab ein drittes Schweigen, und plötzlich fragte Kalf:

„Verbinden Sie mich mit Knut, Helius.

Es gab ein leichtes Kreischen und eine interräumliche Kommunikation wurde hergestellt.

„Kalf ruft Galaxy III an ... Kalf ruft Galaxy III an ...

Er wiederholte es noch einige Male und erhielt schließlich die Antwort von Knut selbst.

„Ich bitte natürlich um Bestätigung", sagte Kalf.

„ Korrekte Ratifizierung. Wo ist Ming?

Kalf überlegte schnell.

„Schlaf", log er.

„Weck ihn nicht auf, aber der Kurs stimmt. Sag es noch einmal, Kalf.

Er tat es langsam, als ob es ihn eine immense Anstrengung kosten würde und sobald er fertig war, antwortete Knut:

„Es ist genau.

„Das bringt uns von der Galaxy III weg ...

Er unterbrach ihn trocken:

„Dies ist ein Befehl des Großen Rates. Ich weiß, dass sie dafür fünfzig Lichtjahre entfernt sind, aber es ist notwendig, dorthin zu gehen. Helius soll bis zu weiteren Anweisungen im Kommunikationsraum bleiben. Kurz.

Schweigen.

Kalf runzelte die Stirn, nahm aber keinen Kontakt zu Helius auf.

In diesem Moment schlief Knut in Galaxy III, hundertfünfzig Lichtjahre entfernt, aber dieser Kalf wusste es nicht und würde es vielleicht nie erfahren.

Im Senderaum, nach der interplanetaren Kommunikation, hatte Helius seine Augen auf Ceres gerichtet.

Fünfzig Lichtjahre.

Eine Verzögerung von Monaten, um sein Ziel zu erreichen. '

Er dachte an Astrid.

Das Erdenmädchen war müde, genau wie er selbst, aus dem einfachen Grund, dass ihr biologisches System genau identisch mit seinem war.

Sie liebten auf die gleiche Weise und genossen die gleiche Weise, und sogar ihre Gedanken waren die gleichen.

Die einzige Frau auf dem Schiff oder ihr Äquivalent.

Es war wundervoll.

Kalf befahl Astrids Aufmerksamkeit und er ... er wollte sie. Er wollte sie zu seiner machen und...

Er schwafelte, anstatt seine Aufmerksamkeit auf das zu richten, was er tat.

Min.. „.

Es war ein Rätsel.

Der Kommandant des interstellaren Schiffes wusste genau, dass es strengstens verboten war, per Telepathie miteinander zu sprechen, und er hatte davon Gebrauch gemacht.

Es war unverständlich.

Er hob seine Augen von den Quadranten, die er untersuchte, trotz seiner unangenehmen Gedanken, und drehte sich um, um sich umzusehen.

Er hatte keine Zeit, denn in diesem Moment sah er sie, im Schiff brauchte man keinen Raumanzug, und Astrid trug auch keinen.

Ihre langen nackten Beine waren eine weitere Attraktion für ihn und er verspürte das gleiche Verlangen wie zuvor; stets.

Alles in ihm schrie wieder nach ihr, vom hohen Kopf bis zu den winzigen Füßen, und die Reise zur Dritten Galaxie war kurz.

Es war für ihn selbst, trotz dieses seltsamen Drangs, den Kurs zu ändern.

Er dachte an Kalf.

Er wollte das Mädchen auch; es war kein Geheimnis, die Gedankenübertragung schloss jede Möglichkeit dafür aus, zumindest innerhalb des Schiffes unter den fünfzig Mitgliedern, die die Besatzung der XA 23 bildeten.

Er fragte sich, ob Astrid etwas vermutete, und schloss die Schleuse vor seinen Gedanken.

Er sah sie an.

Astrid kam ihm näher; Sie lächelte ihn an, sinnlich, herausfordernd, mit ihren schönen, großen Augen, die wie Sterne leuchteten, genau wie diejenigen, die im schwarzen und unendlichen interplanetaren Raum leuchteten.

„Ich habe dich hier noch nie gesehen ...", sagte er, mehr als alles andere, um die Stille zu brechen, die überwältigend wurde.

Astrids Lächeln wurde breiter.

„Das gefällt mir", sagte sie mit sanfter, streichelnder Stimme, wie eine weitere Provokation. Warum zeigst du es mir nicht, Helius?

„Dir beibringen...?", erwiderte er. Die Tatsache, dass?

Sie sah sich um und streifte ihn bereits.

„All das. Diese komplizierten Übertragungsgeräte sind interessant", sah sie ihm in die Augen und fügte hinzu: „Vergiss nicht, dass ich Wissenschaftlerin bin.

„Ich sehe dich lieber als Frau", riskierte er.

Astrid drehte sich um.

"Magst du mich?

"Ja.

Sie blieb ihrerseits stehen, und er sah die Helligkeit ihrer Augen vor seinen, die ihn besessen und versuchten, die Wahrheit seines Gedankens herauszufinden, aber er hatte seinen Verstand rechtzeitig für alle Neugier von außen verschlossen.

„Kalf liebt mich auch ... er will mich, Helius ...

Helius' Gesicht verfinsterte sich.

„Ich weiß", sagte er.

Es gab eine Pause, eine sehr kleine, die Astrid unterbrach.

„Sei nicht so, ja? Komm schon und zeig mir das.

Sie packte seinen Arm und Helius zuckte zusammen.

Es war verrückt.

Ein uralter Wahnsinn, der sich über alle Galaxien ausbreitete, als sich zwei Menschen, zwei Dinge, zwei biologisch reine Mutanten unterschiedlichen Geschlechts trafen.

Ein Wahnsinn, von dem er nicht geheilt werden wollte.

„Komm", sagte er und wiederholte ihre Worte, und dann packte er ihre zarte Taille mit einem seiner Arme und zog sie an seinen Körper.

Astrid wehrte sich nicht, als er sie fast zu den Computern zerrte.

In diesem Moment änderte Kalf im Kontrollraum den Kurs des Schiffes und suchte mit doppelter Lichtgeschwindigkeit nach dem Ausgang der Antares-Konstellation.

Ein paar Stunden später, oder vielleicht war die Realität auch so, dass nur Sekunden oder eine winzige Zeit vergangen waren, blieb er vor dem Bildschirm der Hauptübertragungsbox stehen und trug sie immer um die Hüfte.

„Wofür ist dieser Bildschirm?

Helius neigte seinen Kopf, um ihr wunderschönes Profil anzusehen.

„Du weißt es nicht?", fragte er seinerseits.

„Nö. Ich bin nur einmal in ein Raumschiff gestiegen, und das war ... um mich drei Jahre lang von der Dritten Galaxie fernzuhalten. Jetzt komme ich zurück und langweile mich, Helius. Sag mal, wofür ist das?

Helius war ihr verpflichtet.

„Siehst du diese rot-weißen Knöpfe, Astrid? fragte er und zeigte auf das Kästchen direkt unter dem Bildschirm. Das ist Space Control. Drücken Sie eine beliebige Taste, nachdem Sie dem Computer eine Frage gestellt haben, und Sie sehen den Bildschirm und sogar das sprechende Foto, wenn sich die Frage auf ein Lebewesen bezieht, das Ihnen die Antwort gibt. Wenn nicht, erscheint die Antwort geschrieben.

Astrid starrte ihn an.

Ihre Augen waren strahlender denn je, schöner, begehrenswerter, als sie fragte:

„Darf ich Ihnen sagen, wer ich wirklich bin?

Helius lachte.

„Sicher", sagte er. Ihre vollständige Geschichte von Ihrer Geburt bis heute und die Ihrer Generation vor zwei oder drei Jahrhunderten.

Astrid sah ihn ungläubig an.

"Nö!

Helius sah sie überrascht an.

"Warum?

„Aus dem gleichen Grund, aus dem du mich nicht in deine Gedanken lassen willst. Du hast die Luke geschlossen, oder?

Helius lachte erneut und zog sie noch enger an sich.

„Es ist dasselbe, was du getan hast, richtig? "Er hat gefragt.

"Ich bin eine Frau.

„Ja, das ist richtig ... oder das Äquivalent, je nachdem, wo Sie sich befinden. „Er hielt inne, was Astrid nicht unterbrach, und nach einigen Sekunden des Schweigens fragte er: ‚War es deswegen oder so, dass ich nicht herausfinden konnte, ob du Kalf auch liebst?

Astrid glitt wie eine Schlange in seine Arme, die weiterhin ihre Taille einsperrten, und sie sah ihn an und legte ihre Hände auf seine Schultern.

„Warum küsst du mich nicht und findest es selbst heraus? fragte sie leise.

Helius verneigte sich.

Und er sah sich etwas Schrecklichem gegenüber...

Helius versuchte, sich zu befreien, aber es gelang ihm nicht.

Er riss seinen Mund weg und stieß einen tiefen, grauenerregenden Schrei aus; ein Schrei, der von Wand zu Wand abprallte, bis er im Kontrollraum nach einem seltsamen, brutalen Gurgeln von selbst erstarb...

In ihrem Zimmer, auf ihrer Koje, schlief Astrid friedlich. Sie lächelte und war glücklich in ihrem Traum. Kalfs Arme waren um sie gelegt.

# KAPITEL IV

Knut entriss ihm körperlich den Sender und steckte ihn ihm an den Mund.

„Space Control rief XA 23 an" begann mit einer verzweifelten Monotonie." Space Control rief XA 23 an.

Schwerkraftstille, die beim dritten Anruf unerwartet unterbrochen wurde.

"FOR. 23 ruft Space Control an... XA 23 ruft Space Control an. Kontakt.

Knut warf Dee und Lillie einen durchdringenden Blick zu und bevor er den Kontakt öffnete, fragte er:

„Sie haben nicht geantwortet, oder?

Alles an ihm war seltsam; ohne Nerven, zumindest ohne ein System, wie Erdwissenschaftler wussten, manchmal transparent, auch ohne Gefühle, ohne Emotionen, in einem bestimmten Moment konnte er ironisch sein, und das war ohne Zweifel eine ironische Frage.

Es war Lillie, die zu antworten begann, aber Knut hatte bereits einen neuen Kontakt mit dem Schiff hergestellt.

"Wie geht's?", fragte er,

"Alles funktioniert mit perfekter Regelmäßigkeit", antwortete Kalfs Stimme. Alles in Ordnung. Wir nähern uns Galaxy III, wie vor zwei Monaten bestellt.

„Gib mir die Richtung,

Knuts Stimme, als er die Bitte machte, war so grün wie sein seltsamer intelligenter Raumdingkörper.

Kalf sagte es ihm.

„Es ist richtig „genehmigt". Folgen Sie unbedingt diesem Kurs und Sie werden ankommen. „Er hielt inne und fragte: „Dieser Erdling, wie geht es ihr?

„Meinst du Astrid?

„Ja. Ich schätze, es wird keinen weiteren geben, oder?

„Nein, gibt es nicht", meldete Kalfs Stimme weiter. Und sie ist perfekt.

"Pass auf sie auf, Kalf", erwiderte Knut. Es ist wichtig für den Großen Rat, obwohl ich insbesondere nicht weiß, warum.

Kalfs Stimme antwortete darauf nicht, und mit einer Art Grimasse übermittelte Knut die letzte Nachricht des Augenblicks, schloss die Sendesteuerung, glitt zu Boden, und dort nahm sein Körper die Farbe der Fliesen an, auf denen er stand. .

Er sah sie an, aber weder Lillie noch Dee konnten es sehen, da sie ihn kaum erkennen konnten.

„Warum gehen sie nicht weg? fragte er plötzlich.

"Verlassen...? Wohin? fragte Dee.

Knuts Lachen war auch grün, als er antwortete:

„Erdlinge sind eine Plage", sagte er ernst, „und ihr beide auch. Warum gehen sie nicht?

"Wohin?

Lillie war diejenige, die Dees Frage wiederholte, und Knut richtete seinen Blick auf sie.

„Raus, um mich ein paar Stunden auszuruhen. „Er dachte an die Sonne jener Galaxie und fügte hinzu": Rechne wie auf Erden für die Rückkehr. Achtundvierzig Stunden.

Dee dachte schnell nach.

„Was wird mit XA 23 passieren?

„Ihr Kurs ist richtig und es gibt keine Schwierigkeiten. Andererseits wird der Große Rat immer wissen, wo er zu finden ist.

Es stimmte, und sowohl Lillie als auch Dee wussten es.

Sie sahen sich in die Augen.

Auf dem Boden, auf den Fliesen, völlig hermetisch, beobachtete Knut sie der Reihe nach aufmerksam.

Narren, dachte er. Sie sind... absolut ekelhaft. Seine Reproduktion ist unvollkommen und sollte daher aus allen Galaxien gefegt werden. Ich bin... ja, ich fürchte, ich werde es dem Großen Rat vorschlagen.

"Worauf wartest du? "Er hat gefragt.

Dee antwortete nicht.

Er nahm Lillie bei der Hand, zog sie mit sich, und die beiden gingen dicht beieinander auf eine der großen Stahlplatten zu, die ihnen den Weg versperrten.

Hinter ihrem Rücken, sie immer noch ansehend, murmelte Knut:

„Sie sind absurd. Dich lieben.,. Ich liebe dich... Unsinn!

Die Tafel schloss sich hinter den beiden.

Knut verlor sie aus den Augen, drehte sich um, verließ die Kachel, kletterte das Bein hinauf, stellte sich vor die Kontrollen und brütete über den Karten der verschiedenen Galaxien, die noch unter seiner Kontrolle waren.

Zum ersten Mal seit langem war er zufrieden mit der Richtung, die die Dinge einschlugen.

Er wusste, dass er vom Großen Rat aus der III-Galaxie vertrieben werden würde, wenn dieses neue interstellare Schiff im Weltraum verloren ginge.

Er wäre nicht so aufgeregt gewesen, wenn er gewusst hätte, dass Kalf sich zum Zeitpunkt der Kontaktaufnahme im Kontrollraum der XA befand. 23.

Vor dem Gebäude des Großen Rats der Dritten Galaxie hielt Lillie ihn auf.

„Wo willst du mich hinbringen? "Sie fragte.

Dee runzelte die Stirn, ließ einige Sekunden des Schweigens verstreichen und fragte der Reihe nach:

„Wo soll ich dich hinbringen, Lillie?

Sie zuckte mit den Schultern.

„Wir können hier raus", sagte er danach.

„Willst du damit sagen, dass du diesen Planetoiden in meiner Gesellschaft lassen möchtest?

Lillie beantwortete die Frage mit einer anderen Frage:

„Ist es nicht das, was du willst, Dee? Du willst mich, richtig? Es ist...
es ist so. Ich weiss.

„Ja, sicher. Aber wo?

Sie packte ihn an der Hand.

„Komm", sagte er flüsternd. Wir gehen zu den Startrampen.

Dee sah sie beinahe ängstlich an.

„Dort drüben ...?" „und da war Verwunderung in seiner Stimme."
So dass?

Lilli lachte.

„Erdlinge sind absurd", erwiderte sie, „und diejenigen vom Großen
Rat werden nicht überrascht sein, dass wir für ein paar Stunden
weggehen. Du kommst?

Dee beugte sich über sie und suchte ihre Lippen, als sie antwortete:

„Natürlich hat Knut Recht, wir sind absurd, aber ich liebe dich so
sehr, wie ich dich will, Lillie.

Und als er seine Lippen auf ihre drückte, wusste er ohne Zweifel,
dass ihre Worte seit Jahrtausenden eine große Wahrheit darstellten.

Dann gingen sie schweigend Hand in Hand zur Esplanade, wo sich
die Startrampen befanden.

Und das kleine Raketenschiff.

Dee öffnete, immer noch ohne ein Wort zu sagen, die Türen und
Lillie betrat das Schiff, fast ohne ihn anzusehen.

Dee setzte sich neben sie, blickte zum Armaturenbrett, dann
drückte sie ohne nachzudenken den Steuerknüppel nach unten und
startete die Motoren.

Mit einem Gebrüll begann das Raketenschiff immer schneller die
Rampe hinauf zu gleiten, dann flog es in den Weltraum.

Neben ihm hatte Lillie die Augen geschlossen.

Sie dachte, sie sei glücklich.

Aber damit er es nicht erfuhr, hatte sie auch die Schleuse ihres
Geistes geschlossen, wie sie es zuvor getan hatte, ein mehrere Lichtjahre
entferntes Wesen namens Helius.

* * *

Kalf rutschte auf dem Drehstuhl herum und blickte auf die Klappe, die sich hinter ihm öffnete.

Er mochte die Kursänderung nicht, er verstand sie nicht; die des Großen Rates müssen verrückt sein.

Ord erschien, trat über die Schwelle, die Tür schloss sich hinter ihm, und die beiden standen sich gegenüber, einer stand in der Mitte des Raums, der andere saß noch immer auf der Couch.

„Irgendwas Neues, Kalf?

„Wir haben den Kurs geändert.

"Was?

„So ist das. Space Control schickt uns nach Ceres.

Ords Augen weiteten sich.

„Wie ... wie sind sie darauf gekommen?

Kalf zuckte mit den Schultern.

„Ich weiß es nicht, aber die Wahrheit ist, dass wir gehen müssen; dass wir schon gehen.

Es folgte ein Schweigen, das stumpf wurde und das der Neuankömmling brach:

„Du bist müde, Kalf. Versuch, etwas zu schlafen. Ich werde berichten, wenn es etwas Neues gibt.

Er dachte auch an Astrid, als er ihn auf die Tafel zugehen sah, an der er selbst eingetreten war.

Hinten im Schiff war Jem immer noch im Maschinenraum und beobachtete die Atomantriebe.

Kurz bevor er die Stelle erreichte, an der die Klappe vor ihm aufschwang, blieb Kalf stehen und blickte zu ihm auf.

„Hast du Ming gesehen? "Er hat gefragt.

Ord runzelte die Stirn.

„Nein“, antwortete er knapp.

Kalf fand das seltsam.

Ming hatte das Schiff verlassen, als sie gezwungen waren, Kontakt mit dem Asteroiden aufzunehmen.

Er war bewaffnet ... genauso wie Astrid.

Aber Astrid hatte gesagt, er sei draußen und mache einen der Motoren fertig.

Es stimmte, denn die XA 23 navigierte problemlos durch den Weltraum, und doch hatte er Ming seit diesem Moment nicht mehr gesehen.

"Vielen Dank.

Er drehte sich um.

Dabei kam ihm Ords Frage:

„Was macht dir Sorgen, Kalf?

„Ming", antwortete sie, nachdem sie ihren Kopf in die entgegengesetzte Richtung gedreht hatte, um ihn anzusehen.

"Warum?

Kalf wusste es nicht, aber seine übersinnlichen Gefühle schienen ihn zu warnen, dass im Inneren des Schiffes etwas vorging, aber er konnte die Nachricht nicht mit vollkommener Klarheit verstehen.

„Die Wahrheit ist, dass ich es nicht weiß. Es hat noch nie so lange gedauert, hier herumzulaufen.

"Und was bedeutet das?

Kalf zuckte die Achseln, drehte sich noch einmal um, schob die Platte zurück und ging auf die andere Seite.

Auf dem langen Korridor zögerte er, unsicher, wohin er gehen sollte, bis er beschloss, zu Mings Kabine zu gehen.

Er hat ihn nicht gefunden.

Er sah sich um und obwohl er wusste, was er sich aussetzte, durchsuchte er alles gründlich und machte sich dann auf den Weg zu seinem eigenen.

Er war nicht wirklich beunruhigt, sondern eher neugierig herauszufinden, wo er sein könnte und was er in diesen Stunden tat, und fragte sich gleichzeitig, warum der einzige Kontakt, den er mit ihm herstellte, über seinen Geist erfolgte, was er nicht hatte . nie passiert.

In seiner Kabine sank Kalf auf die Koje.

Ich dachte weiter.

Dort in der Ferne hatte Knut einen für ihn völlig unverständlichen Befehl gegeben, aber er konnte nichts dagegen tun.

Er schloss die Augen und verharrte so einige Minuten, bis er anfing, mit sich selbst zu kämpfen, mit seinem Verstand, der wieder einmal wie ein Schwamm wurde, der an seinem Gehirn saugte und saugte, bis es vollständig herausgepresst war.

Er schwebte in flauschigen Wolken, als er unbewusst fragte:

„Ming...?

Er hörte sie lachen, spöttisch, streichelnd...

Astrid, oder?

Das Lachen des Mädchens vertiefte sich.

„Ja, so ist es.

„Was Sie tun, ist verboten durch ...

"Von großer Wichtigkeit?

„Auch nicht, wenn es dir nichts ausmacht.

Wenn das der Fall wäre, hätte ich dich nicht angerufen.

Kalf ließ seine Gedanken etwas ruhen und fragte:

"Was willst du?

„Runter von der Koje und komm. Ich werde auf dich warten.

Flüsternde Stimme, Streicheln, Versprechen...

Kalf setzte sich auf, fuhr sich mit der Hand über die schweißnasse Stirn und antwortete:

„Warum sollte ich gehen?

"Ich liebe dich, weißt du?

„Ist es eine Antwort?

„Ja, Kalf, das ist es. Es ist... die Antwort auf eine Frage, die Sie mir vor ein paar Stunden gestellt haben. Ich habe darüber nachgedacht, verstehst du?

„Und das Ergebnis …?

„Ich brauche dich. Kommst du?

Kalf stand auf.

Er dachte an den Großen Rat der III. Galaxis, wo er erscheinen musste, wenn sie davon erfuhren, aber das spielte keine Rolle.

"Wo sind Sie?

„In meiner Kabine, ich warte auf dich. Komm schon, komm schon, ich sehe, dass du zögerst.

Kalf seufzte.

Er machte einen weiteren Schritt, sein Verstand kehrte langsam zu seiner gewohnten Ruhe zurück; zu normal.

Er ist rausgegangen .

Astrid…

Ich hätte nie gedacht, dass ich auf so einem verdammten Trip so viel Glück haben würde.

Er fing an zu gehen.

Er war ganz in der Nähe der Kabine, die Astrid besetzte, als er in der entgegengesetzten Richtung zwei der Mitglieder des Innenüberwachungsdienstes des Raumschiffs kommen sah.

„Stimmt etwas nicht?“, fragte er.

„Das wissen wir nicht, Kalf, aber es muss im Kommunikationsraum sein.

„Helius…?

„Ist nicht sicher. Wir haben von dort das Notsignal erhalten und versucht, Kontakt aufzunehmen.

" Und… ?

„Keine Antwort, Kalf.

Er drehte sich um.

"Lass uns gehen.

Als er das sagte, hatte er die kosmische Strahlenkanone in der Hand.

Sie begannen zu laufen und erfüllten das Schiff mit gespenstischen Geräuschen, mit ihren metallischen Schritten auf einem nicht weniger metallischen Boden.

Von den dreien erreichte Kalf als erster die Platte, die ihm den Weg versperrte.

Eine Platte, die nicht zur Seite geschoben wurde, um den Eingang freizugeben.

Kalf ging hinüber, faßte es mit der linken Hand und sah sie an.

„Da drin stimmt etwas nicht", stellte er mit tiefer Stimme fest. Komm schon, hilf mir.

Insgesamt drei oder vier Minuten lang schossen sie auf den schwächsten Teil der Tür, Riegel für Riegel, während der Korridor, in dem sie sich befanden, mit weißem Rauch gefüllt war.

Auf ein Zeichen von Kalf hörten sie auf zu schießen.

„Man muss warten, bis es abgekühlt ist.

Sie haben es geschafft.

Lange gequälte Minuten, schwer bis zur Unermesslichkeit, und die auf eine für ihn völlig unerwartete Weise unterbrochen wurden.

„Kalf...?

Er sah sie an.

Beide blieben ausdruckslos, beobachteten ihn und warteten auf einen Befehl, um zu versuchen, die Platte zu verschieben.

Da wurde ihm klar, dass der Anruf in seinem Kopf aufgetaucht war.

" Wütend,... ?

„Astrid ...?

Das Mädchen lachte, ihr rasselndes Lachen brach durch sein Gehirn und erfüllte ihn mit einem seltsamen Gefühl beschwingter Freude.

"Ich antworte nicht". Gar nicht.

„Warum kommst du dann nicht? Ich bin ungeduldig, Kalf, Schatz, weißt du?

"Ja

"Dann...

„Ich bin in Kürze da.

Astrid brauchte einige Sekunden, um zu antworten.

„Jetzt weiß ich, wo du bist", sagte sie einfach.

„Ja..?

„So ist das. Komm schon, Kalf, worauf wartest du, um die Tür zu öffnen?

Es schien eher eine Herausforderung als eine Frage zu sein, und als Kalf es bemerkte, versuchte er Kontakt aufzunehmen, konnte es aber nicht.

Vor ihm warteten die beiden wachsamen Mitglieder.

„Hilf mir", sagte er und wiederholte damit, was er ihnen schon einmal gesagt hatte.

Er wandte sich der Tafel zu, trat einen Schritt vor, und sie bewegte sich zur Seite, genauso wie immer. Die Waffe in der Hand, auf Hüfthöhe, ohne ein einziges Zögern, ging er auf die andere Seite, gefolgt von den anderen beiden, die neben ihm standen und ihn in der Mitte zurückließen.

Helius war da, zusammengesunken zu Boden, ein riesiger Geleeklumpen, leblos und so weiß wie ein Blatt Papier.

Kalf rührte sich ein paar Sekunden nicht, aber dann kniete er neben ihr nieder, während die anderen beiden, ohne einen Befehl abzuwarten, begannen, alles einzeln durchzugehen.

Irgendein.

Sie fanden keine Erklärung für das, was dort passiert war.

Am Ende standen sie Kalf gegenüber.

"Was ist passiert?

Er zuckte noch einmal mit den Schultern.

"Ich weiß nicht" und seine Stimme war heiser, aber... Nun, irgendetwas oder jemand hat sein ganzes Blut getrunken. Was seine Knochen angeht...

Er stand auf, zögerte ein paar Sekunden und befahl dann:

„Bringen Sie etwas mit, womit Sie ihn abholen und zur Krankenstation bringen können. Sagen Sie Engar, ich erwarte seinen Bericht in... einer Stunde.

Eine Art Weichfasersack von roter Farbe diente dem Zweck; wieder einmal wurde Kalf allein gelassen.

Als er sich umdrehte, um den außerirdischen Übertragungsraum zu verlassen, war sein Geist völlig leer.

Astrid...

# KAPITEL V

"Etwas Neues?

Ord drehte sich zu ihm um.

„Wir bleiben auf diesem Kurs, Kalf. „Er zögerte ein wenig, als zweifelte er, ob er sagen sollte, was er wollte, bis er sich schließlich für Ersteres entschied und fortfuhr“: Ich möchte Kontakt mit Space Control aufnehmen.

"So dass?

„Ich hatte die brillante Idee, sie zu fragen, ob der Kurs, den wir einschlagen, richtig ist.

„Gibt es einen Grund, …?

"Keiner.

Kalf antwortete nicht.

Er setzte sich neben sie, blickte auf die vielen Glühbirnen und superelektronischen Bildschirme und platzte heraus:

Helios ist tot.

Ord war erschrocken.

„Wie war?

Kalf schüttelte den Kopf von einer Seite zur anderen.

„Sie haben ihm Blut abgesaugt“, sagte er.

"Was…?

"So ist es.

„Wie war?

Kalf fluchte leise, bevor er antwortete:

„Ich navigiere seit über zehn Jahren zwischen dieser Galaxie und der Orion-Konstellation. Ich war ein Junge, als ich mein erstes Schiff nahm, und so etwas habe ich noch nie gesehen. Jetzt… jetzt warte ich auf Engars Bericht. „Er konsultierte die elektromagnetischen Computer, die er an seiner Seite hatte, und kommentierte:“ Es bleiben ihm einige irdische Minuten, um mich anzurufen. Was seine Knochen betrifft, es ist schrecklich. Ich weiß nicht, was das verursacht haben könnte. „Er schwieg eine kurze Zeit, die Ord nicht unterbrach, und fügte hinzu: „Ming muss gefunden werden

„Ich dachte, du hättest ihn schon gesehen.

„Nö. Ich habe gerade mit ihm kommuniziert.

„Womit haben Sie kommuniziert …?

"Das stimmt", unterbrach Kalf. Telepathie nutzen. Ming war der erste, der dies tat.

"Es ist komisch.

Kalf sagte nichts, und Ord erklärte nicht, was daran seltsam war.

Sie verstummten.

Bis sich Ord plötzlich dem Kontrollpult zuwandte und nach dem Raumsender griff.

„XA 23 ruft die III-Galaxie an. ZUM. 23 ruft Space Control in Galaxy III an. Antworten.

Es gab ein zischendes Geräusch, das für ein paar Sekunden lauter wurde und dann verstummte.

Dann kam Knuts Stimme:

"Bericht.

„Wir müssen den Kurs korrigieren", sagte er. Wir treiben.

Eine völlig dichte Stille folgte.

Neben ihm beobachtete Kalf ihn.

Er dachte an Astrid, die sich nicht getraut hatte, ihn noch einmal anzurufen, und damit wieder einmal gegen alle diesbezüglichen Befehle des Großen Rates verstoßen hatte.

Ein Schweigen, das jetzt gebrochen ist.

„Korrigieren Sie es mit dem, was zuvor bestellt wurde, und stören Sie sich nicht noch einmal, wenn es kein Notfall ist. Und Kalf, wo ist er?

" An meiner Seite.

„Dann sag es ihm für mich" und Knuts Stimme war grün, genau wie sein Körper.

Ord unterbrach ihn.

„Es gibt einen Notfall", sagte er.

"Bericht.

Knuts Stimme war vorsichtig

Helios ist tot.

"Ursachen...?

"Wir wissen noch nicht.

»Sagen Sie mir Bescheid, sobald Sie Engars Bericht erhalten haben. Und Mining?

„Er wurde nicht mehr gesehen, seit er auf diesem Asteroiden gelandet ist.

„Suchen Sie ihn auf und melden Sie sich. Ende der Übertragung. Schweigen.

Kalf verzog das Gesicht, die Augen auf den Sender gerichtet.

„Bleib hier, Ord", sagte er plötzlich. Ich möchte Astrid sehen.

Ord nickte schweigend.

* * *

Knut schlief nicht.

Es hat auch nicht gesendet.

Er hatte es seit Stunden nicht getan.

Er war allein in einem großen Raumkontrollraum und dachte zum ersten Mal tief über all das nach.

Irgendetwas geschah auf diesen Schiffen, etwas, das noch immer außerhalb seiner Kontrolle lag.

Seine kleinen Augen leuchteten, fixierten die Glühbirnen vor ihm, die ausgingen, angingen, ausgingen und unter seinem kleinen Körper wieder angingen, wie ein Ding, wie ein intelligentes Tier.

Er dachte auch an Lillie und Dee und wiederholte noch einmal seinen Lieblingssatz: Sie waren absurd.

* * *

Astrid war nicht da.

Kalf runzelte die Stirn.

Auf der Koje sah er ihren Raumanzug, aber nicht die kosmische Strahlenkanone, die sie benutzte, und sein Stirnrunzeln vertiefte sich.

Mehrere andere Kleidungsstücke, meist intim, irgendein Wissenschaftsbuch, für ihn unverständlich, und sonst nichts.

Engar.

Kalf erinnerte ihn daran, verließ Astrids Kabine und machte sich auf den Weg durch die Korridore zur Krankenstation.

Ich rufe nicht an.

Er ging einfach auf die andere Seite der Tafel und sah ihn dort, neben dieser gallertartigen Masse, die vor nicht allzu langer Zeit einer seiner perfektesten Assistenten im Raumschiff gewesen war.

Als Engar seine Schritte hörte, schob er seinen Roboterkörper zur Seite, wirbelte herum und sah ihn an.

„Was hast du, Engar?"Er hat gefragt.

„Informationen fehlen. Die Frage ist nicht korrekt", antwortete Engar mit seiner metallischen Stimme.

„Vielleicht habe ich mich falsch ausgedrückt", erwiderte Kalf.

" Richtig. Das ist falsch.

"Ich korrigiere. Welche Ursachen haben ihn dazu gebracht?

Engar ließ die roten Lichter an seinen Antennen etwa dreißig Sekunden lang angehen, schaltete sie aus und antwortete sofort:

„Ich bin nicht darauf programmiert, diese Frage zu beantworten, Kalf.

"Was meinen Sie?

Die Lichter des Roboters gingen zum zweiten Mal an, was für Kalf bedeutete, dass sein starker elektronischer Verstand angestrengt nachdachte.

„Es gibt nicht genug Daten", antwortete er schließlich. Meine internen Schaltkreise sagen mir, ich soll sie finden, Kalf, und dann die Frage stellen.

Er drehte rückwärts, kehrte ihr den Rücken zu und erstarrte.

Kalf wusste, dass es zwecklos war, weiter darauf zu bestehen.

„Heb es auf...", sagte er eine Sekunde bevor er die Krankenstation verließ.

Er ging wieder direkt auf Astrids Hütte zu.

Im Maschinenraum sah Jem ihr nach, wie sie eintrat.

"Neugier? "Er hat gefragt.

Sie war nett zu ihm, wie die ganze Bevölkerung.

„Ich langweile mich allein", präzisierte Astrid und näherte sich ihm, aber ihre Augen waren auf das Glas gerichtet, das sie auf der Höhe eines gewöhnlichen Mannes in der Mitte eines der Paneele platziert hatte, die eigentlich einfache Schiebetüren waren. Er fragte, als er neben ihr stehen blieb: „Was ist das?

Funken, Blitze, die sich wie Blitze ins Innere kreuzen, in bunten Lichtern zwischen Weiß und Blau.

„Die Reaktoren, Astrid.

"Gefährlich?

„Fähig, alles zu fegen. „Er zeigte auf einen roten Knopf, den sie nicht einmal gesehen und hinzugefügt hatte": Es würde ausreichen, ihn über diesen Knopf zu aktivieren.

Astrid kehrte dem Reaktorraum den Rücken zu.

" Alles in Ordnung?", fragte sie.

„Ja, so ist es.

Astrid lächelte ihn an.

„Ich bin sehr müde", sagte sie vertraulich. Ich möchte ankommen, verstehst du?

„Im Moment habe ich Angst. Astrid, das wird lange dauern.

Sie weitete ihre großen Augen.

„Ja...?", fragte sie." Warum?

Und Überraschung lag in ihrer Stimme.

„Wir haben den Kurs geändert.

" Was....?

„Sie haben die Nachricht von Space Control übermittelt

" Und... ? Wo gehen wir jetzt hin?

Sie war verärgert.

Das war Jem klar, der antwortete:

„Lass uns zu Ceres gehen.

Astrids Überraschung erhöhte den Punkt.

„Dort? ... Verdammt! So dass?

„Ord wartet im Senderaum auf Anweisungen.

Sie sah ihn nachdenklich an.

„Ich habe Ord schon lange nicht mehr gesehen. Seit dem Tag, an dem ich auf diesem Schiff ankam und Kalf mich ihm vorstellte. " Sie runzelte die Stirn, als würde sie schnell nachdenken, und fügte hinzu: „Helius auch nicht. Ich muss sie besuchen gehen .

Und sie sagte die Wahrheit.

Wie Jem es auch tat, als er sagte:

„Sie haben Generalalarm gegeben. Du weißt das, oder?

„Ich war in meiner Kabine, als ich den Befehl hörte: Was ist los?

"Du weisst es nicht?

"Nö.

„Helius ist tot. Kurz bevor du ankamst, hat Ord es mir persönlich gesagt.

„Wie war?

„Das", erwiderte er mit gesenkter Stimme, als hättc er Angst, belauscht zu werden, „ist so seltsam wie dieser verrückte Befehl, nach Ceres zu gehen.

Astrid wollte antworten, konnte es aber nicht.

Hinter ihm wurde eine der Tafeln zurückgeschoben, und Kalfs Gestalt wurde in die Lücke eingerahmt.

Die drei sahen einander in einem Schweigen an, das einige Sekunden dauerte und das Kalf selbst durchbrach, indem er das Mädchen ansprach.

"Was machst du hier?

Sie warf Jem einen Blick zu.

»Ich schnüffele herum, Kalf«, sagte sie. Sie hielt kurz inne und stellte eine Frage: Was ist eigentlich mit Helius passiert?

Kalfs Gesicht verfinsterte sich.

„Das wissen wir noch nicht", antwortete er.

„Was sagt dieser Roboter?

„Engar ist dafür nicht programmiert. Das war seine Antwort.

„In diesem Fall, wozu zum Teufel willst du es?

„Er ist der beste Doktor-Wissenschaftler, den ich je getroffen habe, Astrid ... und er wird nie krank. Deshalb brauchen wir es.

Sie schwieg als Antwort, und das Schweigen wurde von Kalf gebrochen, als er hinzufügte:

„Komm mit. Ich will mit dir reden.

Astrid sah Jem an, und er drehte sich mit dem Rücken zum Raum, in dem der Reaktor stand.

Astrid wirbelte herum und ging hinaus, ohne den Kopf zu wenden, und folgte ihm hinterher.

Kalf holte sie im Flur ein.

"Wo warst du bis jetzt? ", erkundigte er sich.

Der Kopf des schönen Mädchens neigte sich zu ihm und ihre Augen trafen sich mit seinen.

„In meiner Kabine", antwortete sie. „Ich habe nachgedacht. Dann habe ich das allgemeine Alarmsignal gehört und bin nach draußen gegangen. Ich habe dich nicht gefunden und bin zu Jem gegangen. Er hat mir erzählt, was los ist.

Kalf brauchte eine Weile, um zu antworten, und als er es tat, formulierte er eine neue Frage:

„Hast du Ming gesehen?

Ihre Stirn runzelte sich.

„Sie hat mich aus dem Schiff geführt, Kalf, und dann ... Nun, ich glaube, ich habe es dir gesagt.

Er sah sie nachdenklich an.

„Und du hast ihn nicht wieder gesehen?

„Ich habe schon nein gesagt.

Beide gingen, als ob sie sich einig wären, auf die Kabine zu, die sie in dem Raumschiff bewohnte.

Die Tafel.

Astrid blieb stehen.

„Ich werde mich ein bisschen ausruhen, Kalf", sagte sie,

Aber er war im Moment nicht derselben Meinung, da er präzisierte:

„Ich möchte mit dir reden. Ich habe es dir schon gesagt.

" Und...?

„Wir können reinkommen, oder?

Astrid sah dich aufmerksam an.

„Was versuchst du zu tun, Kalf? "Sie fragte". Mach mich zu deinem?

„Sprich, Astrid; nichts weiter als das. Dann... wir werden sehen.

Sie machte ein paar Schritte, und wie immer glitt die Platte zur Seite und hinterließ eine entsprechende Lücke, in die sie eintreten konnten.

Sie taten es, einer nach dem anderen, und dort standen sie sich ganz allein schweigend gegenüber, was Astrid selbst mit einer Frage unterbrach:

„Nun, Kalf, was willst du von mir? Wenn nicht... Wenn nicht...

Ihre Stimme war kalt, aber Kalf bemerkte es nicht einmal.

„Bist du nicht derjenige, der mich angerufen hat?

Seine Ideen verschwimmen...

Er hob eine seiner Augenbrauen.

„Wann?", fragte sie der Reihe nach.

Kalf trat vor.

„Vor kurzem", präzisierte er. mit deinem Verstand

Astrid schüttelte den Kopf.

„Ich habe nichts dergleichen getan, Kalf ‚leugnet'. Sie erleben Halluzinationen.

Kalf machte einen weiteren Schritt und der Schlag traf sie seitlich ins Gesicht. Astrid überschlug sich ein paar Mal und fiel zu Boden.

Von dort sah sie ihn an. Seine Augen waren trocken und sein Gesicht war versteinert.

„Tu es nicht noch einmal, Kalf", sagte sie mit dunkler Stimme. Nicht gefallen.

Sie stand auf, ohne dass Kalf etwas tat, um ihr zu helfen.

"Erkläre das.

„Zuerst war es Ming und dann Helius. Warum Astrid?

„Ming...? Wie meinst du das?

In diesem Moment wandte Ord im Kontrollraum dem Armaturenbrett den Rücken zu, um Astrid ins Gesicht zu sehen, die langsam auf ihn zukam, ihn anlächelte, liebkosend, begehrenswert ...

„Hallo, Ord", sagte er mit samtiger Stimme. Etwas Neues?

Ord brauchte mehrere Sekunden, um zu antworten.

# KAPITEL VI

"Du weisst es nicht?

Sie sah ihn an.

"Nö.

Kalf war ihr wieder ganz nahe, berührte sie fast.

„Er ist mit dir ausgegangen, Mädchen", sagte er. Ich löste Generalalarm aus und ließ das Schiff auch an den unwahrscheinlichsten Stellen durchsuchen. Ming ist nicht hier, Astrid. Sag mir, was ist auf dem Asteroiden passiert?

Astrid trat einen Schritt zurück und starrte ihm in die Augen.

„Verschwinde von hier, Kalf", sagte sie nach einigen Sekunden des Schweigens.

Er bewegte sich nicht.

„Ming war der Kommandant des Schiffes, und jetzt ist er weg, weißt du?

Er machte einen weiteren Schritt nach vorne.

„Sprich lauter, Astrid, du weißt, was passiert ist.

Sie blieb bewegungslos und sah ihn immer noch an.

„Ich sehe, du glaubst mir nicht, Kalf", sagte er, und doch habe ich dir von allem die Wahrheit gesagt. Eine wahre, die ich nicht wiederholen werde.

„Du hast mich hierher gerufen. Du sagtest, dass... du mich liebst, dass du dachtest „seine Hände lagen auf ihren Schultern; beugte sich über ihre Lippen." Antworte sofort!

„Ich habe dich nicht angerufen, Kalf. Verstehst du nicht? Da ist etwas an Bord, das ... das ... Aber das ist Unsinn, Kalf. Nur wir sind hier. Du, Jem, Ord, ich und der Rest der Crew. Ming und Helius... Versuchen Sie, eine Erklärung zu finden, und dann... werden wir die Wahrheit erfahren. Eine Wahrheit, die sein kann.... Kalf! Er sprach mit mir unter Verwendung eines verbotenen Codes, verstehen Sie? Vielleicht... hatte er Verspätung oder es gab eine Fehlkalkulation und er blieb auf dem Asteroiden. Und jetzt reisen wir nach Ceres. Warum Kalf? Glaubst du mir nicht? Kannst du nicht sehen, dass ich dir die Wahrheit sage?

Er wollte ihr glauben, aber er konnte nicht, und er konnte nicht, bis Astrid, die Initiative ergreifend, ihre Lippen auf seine drückte.

* * *

Es dämmerte, als sie fragte:

"Und nun...?

„Was meinst du, Lilli?

"Knut. Ich fürchte das Ding und... und...

Dee lächelte.

„Man muss Ecken und Kanten ausbügeln.

„Ja, ich weiß ... aber ... aber ich hasse ihn, oder zumindest glaube ich, dass das das Gefühl ist, das mich inspiriert. Andererseits... Gut, man könnte sich gegen ihn verschwören, aber das würde nirgendwohin führen, und das will ich auch nicht.

Sie stand auf, und Dee beobachtete sie schweigend von dort, wo sie auf dem Boden lag.

„Natürlich, Lillie", sagte er leise, „ich gebe dir fast recht.

„Ja...? In was?

„Darin sind wir absurd, außerordentlich absurd, wir Erdlinge.

Und sie lachte.

Dee stand bald darauf auf, ging hinüber und flüsterte ihr in eines ihrer rosigen Ohren:

"Wir müssen gehen.

"Dee...

„Ja .. ?

„Wird es wieder passieren, das jetzt?

Er nahm sie an der Hüfte.

„Ich werde mich darum kümmern", antwortete er und schob sie zu dem Raketenschiff, das sie dorthin bringen würde.

Die vierundzwanzig Stunden, die Knut ihnen gegeben hatte, neigten sich dem Ende zu.

Vor der Tür des riesigen Hauptquartiers der Space Control blieb Lillie stehen, und Dee spürte, wie sie schauderte, als sie zu der riesigen Spitzkuppel hinaufsah, die sich in den Himmel erstreckte, zu den Sternen, wo die Schiffe der III. Galaxie segelten.

„Was ist mit dir passiert ?

Sie sah ihn an.

"Irgendein.

"Nö...?

„Nun, ja", sie sah ihm in die Augen. „Ich zucke immer zusammen, wenn ich hier reingehe.

„Knut?

Lilli lächelte ihn an.

„Es ist wahr", sagte sie, „und ich glaube, ich habe es dir bereits erklärt. Ich glaube, ich mag dieses Ding nicht, mit seiner Superintelligenz, die so unendlich ist wie der Himmel selbst.

„Dieses Gefühl ... wir alle erleben es, auch wenn es nicht ganz stimmt. Sogar die des Großen Rates. Aber wir brauchen es, Lillie.

"Ich weiss.

"Lass uns gehen?

Er packte sie um die Hüfte und sie ließ sich los.

Draußen, weiter hinten, wurde das Raketenschiff vom Landeplatz zur Startrampe gezogen, wo es jederzeit für einen weiteren kurzen Raumflug bereit sein würde.

Der superschnelle Aufzug.

Knut sah ihnen nach und glitt am Tischbein hinunter auf den Boden.

„Sie haben eine halbe Stunde Verspätung", schrie er mit hoher Stimme, „und ich werde mich bei der ...

Dee unterbrach ihn.

„Etwas Neues?", fragte er.

Knut fixierte ihn mit seinen kleinen Augen.

„Alles läuft nach Plan", antwortete er.

„Was ist über XA 23 bekannt?

„Sie kommen hierher, ohne einen einzigen Fehlschuss.

Er wollte zurückweichen, fing sich wieder und zeigte dann auf Lillie.

„Deine biologische Ausstattung ist mangelhaft", sagte er mit pummeliger Stimme. Du solltest nicht hassen... was ein irdisches Wort ist, das für mich keine Bedeutung hat, auch wenn du so über mich empfindest. Seien Sie vorsichtig, denn auch das ist vom Großen Rat verboten.

Es war eine Drohung und sie wussten es beide.

Sie verstummten.

Knut begann, auf die runde Platte zuzurutschen, durch die er immer den Raumkontrollraum verließ, aber bevor er durch die Lücke ging, drehte er sich um, um sie anzusehen.

»Ich gehe schlafen, Dee«, sagte er. Rufen Sie mich an, wenn es etwas Neues gibt.

Er wartete nicht auf eine Antwort, die ihm andererseits keiner von ihnen geben würde, und er verschwand und ließ sie allein.

„Es ist hasserfüllt.

Dee antwortete nicht, er warf einen Blick auf die unzähligen Bedienelemente und neigte den Kopf, um sie anzuschen.

„Hilf mir", sagte er.

"Ja zu was?

„Um das alles zu überprüfen.

"Ja, natürlich, er geht schlafen und wir...

„Er braucht es, Lillie", unterbrach Dee. Du hilfst mir...?

"Ja.

Sechzig Minuten später beendeten sie die Aufgabe.

Dee, der bereits vor der Schaltkastenverkleidung saß, kommentierte:

„Eines habe ich vergessen, Lillie.

"Gabeln...?

„Fragen Sie Knut, wie lange es her ist, dass er XA 23 kontaktiert hat.

„Warum rufst du sie nicht an und findest es heraus?

Dee dachte, dass sie recht hatte, also fing sie nach ein paar Sekunden damit an.

„Galaxy III ruft XA 23 an ... Galaxy III ruft XA 23 an ... Antwort.

Die Antwort kam sofort.

„XA 23 bis III Galaxy. Alles geht gut. Überschrift 2-B 340. Sonst noch etwas?

Es war Kalfs Stimme.

„Kalf...?

"Ja.

Neben ihm überprüfte Lillie Zahlen auf einem weißen Blatt Papier, das sie Dee zeigte.

Nach einem kurzen Blick darauf antwortete er:

„Richtiger Kurs, Kalf. Wann werden wir uns sehen?

„Wenn alles so läuft wie bisher, innerhalb einer Woche. Und Lilly?

"An meiner Seite.

„Das ist in Ordnung." Er hielt inne und fragte: „Wo ist Knut?

Dee lachte.

"Schlafen.

Quer durch den Raum kam Kalfs leicht spöttisches Lachen.

Aber in diesem Moment konnte Kalf an Bord des interstellaren Schiffes weder senden noch senden.

Astrids Arme, Liebkosungen und Küsse hinderten ihn daran.

Unten im Kontrollraum von Galaxy III schloss Dee den intersterischen Sender und drehte sich zu Lillie um.

„Was hast du davon gehalten? "Er hat gefragt.

Sie sah ihm in die Augen und antwortete:

„Perfekt. Und es wäre eine außergewöhnliche Reise gewesen, wenn sie nicht bei diesem Asteroiden hätte Halt machen müssen. Sie könnten bereits hier sein.

Dee antwortete nicht.

Gedanke.

Bis er plötzlich aufstand und anfing, auf und ab zu gehen.

Sekunden oder Minuten, vielleicht Stunden, sie wusste wirklich nicht wann, blieb er plötzlich vor ihr stehen und starrte sie mit einem solchen Ausdruck an, dass Lillie hilflos zusammenzuckte.

»Was ... was ist los mit dir, Dee? "Sie fragte.

„Sag das noch einmal, Lilli! Komm schon, wiederhole es!

„Was soll ich wiederholen? fragte sie überrascht,

„Die Sache mit dem Asteroiden. Komm schon, sag es noch einmal.

Und sie, immer überraschter, tat es und fragte dann:

„Was versuchst du mir zu sagen, Dee?

„Aber ist es dir immer noch nicht aufgefallen?

Er war aufgeregt, da sie ihn noch nie gesehen hatte.

„Habe ich nicht", antwortete sie.

„KL 1, Lillie, erinnerst du dich? Die KL 1 und der Asteroid. Das Schiff war auch auf Kurs und ... und ... wie zum Teufel ist mir das nicht früher eingefallen, Lillie? Sag es mir, ja? KL 1 ging verloren. Er verschwand spurlos im Kosmos. Und ... es wurde auch auf einem Asteroiden gestoppt, weil einer seiner Motoren ausfiel. Es sind drei oder vier Schiffe..." Er unterbrach sich, um fast sofort hinzuzufügen: „Verstehen Sie das immer noch nicht?

Lillie antwortete nur langsam.

Sie sah ihn an.

Jedes einzelne seiner Worte mit seinem riesigen Gehirn analysierend, nur verglichen mit einer elektronischen Maschine, bis er schließlich antwortete:

„Weck Knut auf, Dee.

" Ja,.? So dass?

„Einfach, um mit den Mitgliedern des Weltraumrates zu sprechen.

„Er wollte nicht auf mich hören.

" Nein,..? Wieso den?

„Das Versagen wäre meins und nicht deins, verstehst du?

Lilli stand auf und ging zu ihm hinüber.

„Sei vorsichtig mit all dem, Dee", sagte sie leise, legte ihre Hände auf seine Schultern und beugte sich über seine Lippen, „jetzt, wo du allein gelassen wirst. Versäumen Sie keine einzige Sekunde und rufen Sie das Schiff alle drei oder vier Minuten an, während ich zurück bin.

„Wohin gehst du? Suchst du Knut? Er hört nicht auf dich.

„Ich werde versuchen, Swift 2 zu sehen, Dee.

Er sah sie überrascht an.

"Schnell? Es wäre natürlich praktisch, wenn es nicht so exponiert wäre.

„Ausgesetzt? Warum?

„Knut. Dieses grüne Ding hat das ganze Vertrauen der III-Galaxie.

"Ich weiss.

„Und trotzdem ...?

„Ich gehe ihn besuchen", unterbrach sie ihn.

Sie lehnte sich zu Ende und drückte ihre Lippen gegen seine, während sie ihre Hände an seinen Hals legte und seine daran hinderte, ihr die Antwort zu geben.

Als Dee wollte, trat Lillie durch die Lücke, die die Verkleidung hinter ihr hinterlassen hatte.

Der Flur.

Metall.

Aus einem plastifizierten Metall, unendlich härter als der alte Stahl und so durchsichtig wie das nicht minder alte Glas.

Lillie nahm es entgegen, bewegte sich schnell und war in ihren Aluminiumanzug gehüllt, der so handlich war wie jedes Kleid aus dem zwanzigsten Jahrhundert, aus Wolle oder Tergal.

Auf halbem Weg wandte sie sich nach rechts und betrat diesen neuen Korridor, wo sie fünfzig oder sechzig Schritte ging, und wandte sich dann nach links.

Sie näherte sich der Metallwand, klopfte vorsichtig dreimal hintereinander mit ihren Fingerknöcheln, wartete ein paar Sekunden und schlug erneut dagegen.

Nur eine, und die Wand, ein Teil davon, öffnete sich und hinterließ eine Lücke, die breit genug war, um sie hindurchzulassen.

Ein Raum aus dem gleichen Metall, kahl, rund und dort hinten zwei mit kosmischen Strahlenkanonen bewaffnete Mitglieder, die den Eingang zum Aufzug bewachten, der sie zum Heiligtum von Swift 2 bringen würde.

Ohne ein einziges Zögern durchquerte Lillie den Raum von einem Ende zum anderen und blieb vor den beiden stehen.

„Was willst du, Erdling?

Das Gesicht des Mädchens veränderte sich nicht vor einer Frage, die sogar als verächtlich interpretiert werden konnte, und sie antwortete:

„Siehe Swift 2.

"Hast du ein Date?

"Nö.

„In diesem Fall fragen Sie danach.

„Ist ein Notfall.

Es gab eine kleine Pause, die der andere unterbrach:

»Sie stehen unter Knuts Befehl, nicht wahr?

„Das stimmt", antwortete Lillie.

„Er hat dich geschickt?

"Nö.

„In diesem Fall gehen Sie weg.

Lillie antwortete einen Moment lang nicht, bis sie plötzlich herausplatzte:

„Die Verantwortung liegt bei mir... und bei dir, wenn du mich nicht passieren lässt, verstehst du? Du kannst zum Haus gehen und du...

Der andere unterbrach sie:

"Wenn du falsch liegst...

„Ich weiß, wem ich mich aussetze", mischte sich Lillie ein. „Im schlimmsten Fall werde ich für den Rest meines Lebens auf einen weit von hier entfernten Planetoiden geschickt. Sag Swift 2 Bescheid.

Es gab ein ganz kurzes Zögern, und einer der beiden drehte ihr den Rücken zu, berührte die Wand, die jetzt vor ihm war, eine kleine Platte glitt zurück und verschwand durch das Loch.

# KAPITEL VII

Als er wenige Minuten später wieder auftauchte, sagte er nur:

„Komm mit, Erdling.

Lilli folgte ihm.

Ein paar Minuten später stand sie Swift 2 gegenüber.

Groß, knochig, in eine Art weiße Tunika gehüllt, leichenhaft, mit eingesunkenen Höhlen und Augen, die so durchsichtig waren, dass er die Nerven sehen konnte, die direkt zu seinem Gehirn führten.

Er sagte kein Wort, als er sie sah.

Er glitt über den Boden, erweckte den Eindruck absoluter Schwerelosigkeit und blieb vor ihr stehen.

„Sprich, Lillie", sagte er und rief ihren Namen, obwohl er überhaupt kein Erdenmensch war.

Nach kurzem Zögern begann das Mädchen, Dees und ihren eigenen Verdacht zu schildern.

Zum Abschluss fragte Swift:

„Weiß Knut Bescheid?

Draußen in den Sternen reiste das interstellare Schiff XA 23 mit doppelter Lichtgeschwindigkeit und näherte sich seinem Ziel, das sich bereits außerhalb der Antares-Konstellation befand.

* * *

Hand. Er hatte es frei.

Er machte eine erschreckende Anstrengung, seine langen, sensiblen Finger griffen nach einem der Knöpfe auf dem Armaturenbrett.

Er musste die Gegensprechanlage öffnen.

Er musste, aber er konnte es fast nicht.

Der auf seinen Körper ausgeübte Druck begann ihn zu ersticken und das Ekelgefühl, das er verspürte, brachte ihn an den Rand des Zusammenbruchs.

Ord wusste, dass das niemals passieren würde, und er öffnete den Mund, drehte gleichzeitig den Intercom-Knopf und stellte eine Übertragung durch das ganze Schiff her.

Jetzt versuchte er sich mit aller Kraft zu befreien, aber auch das gelang ihm nicht.

Dann schrie er.

* * *

Ein halluzinierender, erschreckender Schrei, der das ganze Schiff erfüllte, von Lautsprecher zu Lautsprecher ging und in Astrids Kajüte explodierte, sie beide betäubte und sie in weniger als einer Sekunde ins unermessliche Jenseits beförderte.

Sie trennten sich und sahen sich in die Augen.

Astrid war blass.

„Was war das, Kalf?"Sie fragte.

Leere Stimme, selbst für sie selbst nicht wiederzuerkennen.

Kalf stand auf.

„Ich werde es herausfinden.

Astrid folgte ihm und packte ihn am Arm.

„Geh nicht, tu es nicht", flüsterte sie. Ich habe Angst, weißt du? Zum ersten Mal habe ich Angst vor allem.

Sie dachte an Ming, als sie diese Worte sagte, obwohl sie nicht verstehen konnte, warum sie dachte.

In diesem Moment wandte sich Kalf von ihr ab.

„Ich muss es tun. Ich glaube ... ich glaube ..." Er zögerte ein wenig, dann fügte er hinzu: „Ich glaube, es war Ord.

Sie kamen fast gleichzeitig heraus, einer nach dem anderen, mit den «Lasern» in der Hand.

Der Korridor vor ihnen, leer, still, als wären sie beide allein im Schiff.

Sie fingen an zu laufen, drehten sich nach rechts, dann nach links, sie betraten diesen neuen Korridor fast bis zum Ende.

Die Zelle, die kaputt ging, sobald sie sich dem Panel näherten.

Sie traten ein, sie klebte materiell an seinem Rücken.

Das Gemälde war für Kalf nicht ganz unbekannt.

Ord, oder was von ihm übrig war, glich Helius wie ein Wassertropfen dem anderen.

Auf seinen Schultern spürte Kalf den Druck von Astrids Fingern.

Er drehte sich nicht um, um sie anzusehen, aber er bewegte sich ein wenig weiter, und ohne die Waffe aufzugeben, kniete er sich neben die gallertartige Masse und untersuchte sie.

Astrid schwieg und stand hinter ihm.

Sie versuchte nachzudenken, sich an etwas zu erinnern, das ihr durch den Kopf ging, oder zumindest dachte sie das, aber sie konnte es nicht.

Kalf stand auf, sah sich um, aber der TERROR war nicht mehr da.

Es hatte sich verflüchtigt.

Das war alles, obwohl keiner von ihnen es wusste.

„Hilf mir, Astrid", bat er, wir müssen das alles noch einmal durchgehen.

Sie haben es so gemacht.

Eine Dreiviertelstunde später wussten sie, dass alle Kontrollen korrekt waren und der Kurs auf Ceres korrekt war.

Das große interstellare Schiff, in dem sie unterwegs waren, hatte jedoch gerade eine weite Kurve genommen und steuerte nun mit zunehmender Geschwindigkeit auf den Asteroiden zu, auf dem es einige Stunden zuvor zur Landung gezwungen worden war.

"Was wirst du machen?

Ohne zu antworten, ging Kalf zu einer der Wände, nahm die Gegensprechanlage ab und begann zu senden.

Jem antwortete fast sofort.

„Was war das für ein Schrei? „war deine erste Frage.

„Ord. Ist gestorben. Irgendwelche Neuigkeiten zu den Maschinen oder den Reaktoren?

„Keine. Wie war Ord?

„Es ist... wie es Helius passiert ist, weißt du? Und was noch schlimmer ist: Engar kann nichts tun.

„Was gedenkst du zu tun?

Kalf zögerte ein paar Sekunden, bevor er den Befehl erteilte, wohlwissend, dass nun alle Verantwortung für die Zukunft des Schiffes bei ihm lag.

„Haben Sie Waffen dabei? "Er hat gefragt.

"Ja, warum?

Kalf schluckte schwer.

„Schließen Sie alle Schleusen", sagte er, konditionieren Sie die Luft, damit Sie atmen können, und öffnen Sie sie für niemanden. Nicht einmal ich selbst, verstehst du? Wenn trotzdem etwas eindringt, schießt zuerst auf irgendetwas, auch wenn es zum Schiff gehört. Auf keinen Fall dürfen sie sich den Reaktoren nähern.

„Richtig Kalf. Und Astrid?

"Ist mit mir.

" Gut. „Er hat ein bisschen gezögert und eine neue Frage gestellt": Wie werden Sie und ich in Kontakt treten?

»Über die Sprechanlage, Jem. Aber hör dir das an, auch wenn ich dir sage, dass du da raus sollst, tu es nicht. Das ist alles.

Er legte auf und sah Astrid an.

Sie sah ihm in die Augen, als sie fragte:

„Jetzt zweifelst du nicht mehr an mir, oder?

„Nö." Er packte sie am Arm und zog sie „Nicht mehr.

Sie erreichten den Korridor, ohne einen einzigen Blick auf das werfen zu wollen, was man im Leben Ord nannte.

Entlang ihm standen bewaffnete Gestalten, von denen zwei auffielen.

„Was ist passiert, Kalf? fragte einer von ihnen. Dieser Schrei... es war erschreckend.

Kalf deutete zurück auf das Zimmer hinter ihm.

„Was da ist, ist auch", sagte er. Holen Sie ihn ab und bringen Sie ihn zum "Arzt". Und Sie", fügte er hinzu, um die anderen anzusprechen, verstärken die Wachen an den strategisch wichtigsten Punkten des Schiffes. „Er packte Astrid am Arm und ging weiter": Komm mit.

Sie begannen wegzugehen.

Vor der Tür zu Astrids Kabine blieb Kalf stehen und ließ sie los.

Er lehnte sich ein wenig nach unten, um ihr in die Augen zu sehen, und ihre Brüste hoben sich unter dem Outfit, das sie trug, ähnlich wie Lillies.

„Ja, Kalf …? "Sie fragte.

„Ich möchte, dass du reinkommst und dort bleibst.

„Aber und du?

„Da muss ich rum.

Astrid zögerte ein wenig, bevor sie antwortete:

"Ich werde mit dir gehen.

„Du wirst hier bleiben. Du verstehst, oder? wiederholte Kalf, und sie merkte, dass sich seine Stimme ein wenig verändert hatte.

"Mir...

„Jetzt gehörst du mir und ich will nicht, dass dir etwas passiert, verstehst du? "Er legte eine seiner Hände auf ihre Schulter." Wenn ich das Schiff nach Galaxy III bringen kann, werden Sie und ich, Astrid, zum Planeten Erde zurückkehren.

Astrid lächelte.

„Das wäre schön", antwortete sie.

„Komm herein, Astrid.

„Ich möchte dich nicht allein lassen.

Und sie blieben eine Stunde zusammen.

Sechzig Minuten, die dort in dem unendlichen Raum, in dem sie sich bewegten, viel weniger als nichts darstellten.

Er erreichte den Korridor mit dem «Laser» in der Hand und zögerte, in den Senderaum zurückzukehren, eine der Positionen, die mit dem mysteriösen Verschwinden von Ming frei geworden waren und die er wie bisher besetzen sollte, oder oder überprüfen Sie das Schiff erneut.

Er entschied sich für Letzteres.

Er begann zu gehen und hörte, wie seine Schritte rhythmisch auf den Metallboden schlugen; Schritte, die von Wand zu Wand prallten und die schlummernden Echos des Schiffes erweckten, und schließlich Schritte, die sich in den Ecken, in den restlichen Korridoren verirren würden und ihm das seltsame Gefühl vermittelten, dass sie sich über ihn lustig machten.

Kalf hielt ein paar Mal inne, bevor er den nahm, der ihn direkt zur Jetbox bringen sollte, zum Motor des Raumschiffs.

Er sah sie, bevor er eintrat.

Vier.

Zwei auf jeder Seite der Platte, die als Tür diente, hinter der Jem stand.

Mit kosmischen Strahlenkanonen in der Hand.

Er ging weiter.

Vor ihm kamen aus einem der angrenzenden Korridore weitere sechs, ebenfalls bewaffnet, genau so, wie er es selbst befohlen hatte.

Die auf der Tafel drehten sich um.

Die anderen gingen in vollkommener Ruhe weiter, als hätten sie die Gefahr nicht erraten, die er in einer Fünftelsekunde erkennen würde.

Es war etwas, das passieren würde, das ich sah, und obwohl ich es sah, konnte ich es nicht glauben.

Er versuchte zu schreien, etwas zu sagen, aber er konnte nicht.

Etwas wie eine Kralle packte das Innere seines Geistes, und sein Schwammhirn konnte keinen einzigen Befehl an die Muskeln seiner Kehle senden.

Dann geschah es vor seinen großen Augen.

* * *

„Nein, tut er nicht.

"Warum?

„Ich glaube, er hätte mir nicht geglaubt, und doch ist es wahr.

Swift starrte sie an.

„Wessen Idee war das?

"Welche Idee?

„Dass du hier bist. Deins oder Dees?

"Es war meines.

Aber Swift glaubte, dass sie log, und ihre Gründe dafür auch. Er las es in ihrem Kopf.

Er streckte einen Arm aus, um nach hinten zu zeigen.

„Folge mir", sagte er.

"Wo?

Es war eine unangemessene Frage, aber obwohl sie es wusste, stellte Lillie sie und Swift, der sie immer noch ansah, zeigte sein zahnloses Zahnfleisch in einer Art Lächeln.

„Du sollst vor dem Großen Rat sitzen.

Ihre Beine zitterten.

"Lass uns gehen.

Er legte eine seiner Hände mit langen, knorrigen Fingern, die in einer Spitze endeten und keine Nägel hatten, auf eine ihrer Schultern.

Er hat sie gepackt.

„Komm schon", wiederholte er noch einmal.

Das Loch in der Wand war klein und dunkel und kontrastierte scharf mit der Leuchtkraft des restlichen Gebäudes, die von der Sonne der III. Galaxie erzeugt wurde.

"Das passiert.

Lillie fuhr fort, ohne zu antworten, und trat in die Nische.

Swift trat an seine Seite, betrachtete das Multi-Controller-Panel in Reichweite und grub einen Finger in eines davon.

# KAPITEL VIII

Lillie begann nach unten zu reisen.

"Sei nicht ängstlich.

„Ich habe es nicht.

Schweigen.

Eine Minute, zwei; sie wusste es nie, bis er plötzlich die Frage hörte:

„Warum hasst du Knut?

„Das hat er dir gesagt?

„Nein. Es war dein Verstand, Lillie. Du versuchst dich vor mir zu verschließen, aber du kannst es nicht.

Es stimmte, und sie antwortete nicht.

Sie versuchte, nicht zu denken.

Es war nicht angenehm zu wissen, dass es irgendjemand innerhalb oder außerhalb der III-Galaxie tun konnte.

Sie ging ein Risiko ein.

„Das ist vom Großen Rat verboten, Swift, und du gehörst ihm an.

„Es ist wahr, aber nicht in diesem Fall.

"Warum?

„Ich versuche, einen Grund herauszufinden.

„Wegen Knut?

„Ja. Aber du lässt mich nicht, und du darfst keinen Widerstand leisten. Tu es nicht, Lillie.

„Ich versuche, es so zu machen, aber ich kann es nicht.

Der Aufzug hielt an.

Ein neues Loch.

Brillant, voller Licht, und Swifts seltsame, drahtige Hand auf ihrer Schulter, die sie in den langen, breiten Korridor zog, der sich vor ihnen beiden öffnete.

Es war außergewöhnlich, aber sie verspürte keine Angst.

„Das freut mich, Lilli.

Sie sah ihn angewidert an.

Er versuchte noch einmal, an nichts zu denken, nicht einmal an Dee, die sich Sorgen um sie machen würde.

Eine Tür, die nach rechts und links verschoben wurde und ein Loch in der Mitte hinterließ.

Swift ging voraus und zog sie hinter sich her.

Dann hörte sie auf.

Lillie sah fasziniert zu, denn sie war nie da.

Sie befand sich in einem großen Raum mit einem Tisch in der Mitte, umgeben von Stühlen mit hoher Rückenlehne, etwas, das man sehr wohl für den Empfangsraum des Weißen Hauses in der verschwundenen Hauptstadt der alten Vereinigten Staaten von Amerika halten könnte entfernte Erde.

In etwas, das in Vergessenheit geriet, als die letzte Katastrophe.

"Hinsetzen.

"Wo?

Sie sah ihn nicht an, sie dachte nicht nach, sie redete wie ein Automat .

"Da drüben.

Der Kopf des riesigen Tisches.

Lilli wusste, was das bedeutete.

Sie tat es, ohne zu protestieren, ohne ein Wort zu sagen, wohl wissend, dass sie es selbst war, die sich dort sehen wollte.

Und sie wartete.

Es war sehr wenig; sie sah sie eintreten.

Eine für jeden Planeten, aus dem die III-Galaxie bestand.

Einige abgestoßen; andere nicht.

Sie saßen.

Sie sahen sie an, versuchten, in ihren Geist einzudringen, sie bis ins Unendliche zu prüfen.

Sie begann sich zu wehren.

Eine Minute, zwei, in der schrecklichsten Stille, während die Gestalten vor ihr sie anstarrten, oder so ähnlich.

Ihr Körper entspannte sich; sie wollte es nicht, aber sie konnte nicht anders.

Sie schloss die Augen.

Als sie sie öffnete, war sie allein, abgesehen von Swifts Gesellschaft.

„Was ist denn passiert?

Swift lächelte nicht, als er antwortete;

"Komm mit mir.

„Und jetzt, wo bringst du mich hin?

»Du gehst zurück an Dees Seite.

" Und... ?

Sie wagte es nicht, seinen Namen zu sagen, aber er tat es:

„Knut ...?

"Ja.

"Irgendein.

Lillie antwortete nicht und sie gingen; Sie gingen die Straße rückwärts.

Als der Fahrstuhl vor dem großen, runden Raum hielt, fragte sie:

„Was wird mit mir passieren, Swift?

„Das wird der Große Rat entscheiden.

Sie antwortete nicht, weil sie genau wusste, dass es sinnlos war, darauf zu bestehen.

Aber sie machte unerschrocken weiter.

„Geh jetzt. Du wirst benachrichtigt.

Sie ging los, durchquerte den Raum auf die andere Seite, erreichte den Korridor und ging weiter in die Richtung, wo Dee auf sie wartete.

Sie vermittelte es, als sie ihn fast vor sich auf einer der Fliesen sah; das einzellige grüne Ding, das Knut war, sah sie mit kleinen Augen an, die halb zornig und halb spöttisch waren, und erschrocken legte sie die Hände an die Brust, vielleicht um den kleinen Schrei zu unterdrücken, der sich bemühte, aus ihrer Kehle herauszukommen .

Dann hörte sie ihn mit kratziger Stimme sprechen:

„Es war ein Fehler von dir, Lillie", sagte er.

„Warum hast du nicht versucht, es zu verhindern?

„Nichts, aber ich wusste, dass du es tun würdest.

" Und... ?

„Es war ein Fehler, deiner und Dees.

"Warum?

„Ich weiß, was auf diesen Schiffen passiert, Lillie, und ich weiß auch, was ich dagegen tun werde.

Er wartete nicht auf eine Antwort, er rutschte auf dem Boden aus und folgte den Spuren, die sie hierher gebracht hatte.

Lillie drehte nicht einmal den Kopf, als sie in die entgegengesetzte Richtung von Knut ging.

Sechs oder sieben Minuten später lag sie in Dees Armen.

Als sie sich trennten, war er derjenige, der das Schweigen brach.

„Was ist passiert?", fragte er.

„Ich saß am Tisch des Großen Rates.

Dee sah sie besorgt an.

„Und was noch?", fragte er erneut.

" Ich schlief ein.

Dee runzelte die Stirn.

„Nach diesem Traum ... was hat Swift zu dir gesagt?

„Jedenfalls; aber ich habe trotzdem keine Angst. Wir haben getan, was bequem war." Sie hielt inne und fügte hinzu: „Knut wusste, was wir tun würden. Versuchen Sie, ihn vor dem Großen Rat zu diskreditieren. Zumindest denkt er das .

Dee antwortete nicht.

Dann schaute er zurück zu den Computern und jetzt sprach er:

„Das glaube ich nicht, Lillie.

„Nö...? Er liest in unsere Gedanken, als würde er diese alten Papiere verwenden, die in antiken Museen aufbewahrt werden. Er weiß also, was unsere Absichten waren.

Lilli ging zu ihm hinüber.

»Warum rufst du nicht an, Dee? "Sie fragte.

"Wo?

„Auf dieses Schiff. Kalf ist dein Freund. Ihr seid beide zusammen in diese Galaxis gekommen.

„Du machst dir Sorgen um sein Schicksal, richtig?

„Ja, so ist es.

„Ich werde es für dich tun. Aber wir werden nichts bekommen.

Ein paar Minuten später beantwortete nur die immense sternenklare Stille seine Rufe.

Er ließ den Sender fallen, drehte sich auf seinem Sitz um und drehte sich zu ihr um.

„Lilli...

„Ja..?

„Wir gehen überall hin, außerhalb von hier.

"Zusammen...?

„Ist es nicht das, was du willst?

„Ja, aber der Große Rat bleibt bestehen. Sie könnten uns trennen, Dee.

„Ja, es ist möglich, aber ich vertraue darauf, dass alles gut wird. Aber wenn nicht, werde ich dich suchen. Früher oder später werde ich es tun.

Ohne eine Antwort abzuwarten, drehte er sich um, nahm einen der interplanetaren Sender und begann verzweifelt zu rufen.

Irgendein.

Nur die Stille.

Als er sich noch einmal umdrehte, um sie anzusehen, sah er sie.

Sie waren zu zweit und bewaffnet.

Er stand auf, und neben ihm folgte ihm eine blasse Lillie.

„Ja..?

Einer der beiden ergriff das Wort:

„Der Große Rat erwartet dich.

Dee hob den Arm, um um sich herum zu zeigen.

„Und das alles …?

„Ich werde mich selbst darum kümmern.

Sie gingen hintereinander her, ganz dicht beieinander, ohne sich anzusehen und ohne ein Wort zu sagen.

* * *

Sie sahen sich wieder an.

Es war die Erleichterung, und sie kamen durch die Mitte des Schiffes auf sie zu.

Die sechs.

Vier von ihnen würden dort bleiben und die anderen beiden würden weiter in den Kontrollraum gehen.

Die vier fingen an zu lächeln, als sie sie näher und näher sahen, und die vier hoben gleichzeitig ihre Kanonen für kosmische Strahlen.

Nein, es waren nicht sechs Wächter.

Es waren sechs riesige, haarige Wesen, die die gesamte Breite des Korridors bedeckten, während sich überall ein dumpfes Geräusch ausbreitete.

Einer der vier schrie und drückte ab.

Vorne verschwand eines der Dinge nach dem Blitzschlag in Rauch, während die anderen fünf zerstreut wurden und mit den «Lasern» das Feuer eröffneten.

Vor Kalfs Augen fand ein haarsträubender Kampf zwischen den Besatzungsmitgliedern statt, während die Luft mit dem Geruch von verbranntem Fleisch und dem Geruch verschiedener Materialien, auch in Verbrennung, erfüllt war.

Dann wurde er von dem schmutzigen, übel riechenden Rauch umhüllt und fühlte, wie ihn Übelkeit von Kopf bis Fuß überkam.

Er brach zusammen.

Als er sich erholte und an eine der Metallwände lehnte, war alles still um ihn herum, und von den zehn Besatzungsmitgliedern blieb keine Spur.

Nur der schnell verschwindende Rauch wird von den Lufterneuerungsrohren aufgenommen.

Die Stille war absolut.

Kalf hat es nie erfahren, aber die Wahrheit ist, dass jeder der zehn im Korridor dasselbe vor sich gesehen hat.

Sie sahen, wie der Terror sie angriff und sie in etwas wie Helius und Ord verwandeln wollte.

Sie hatten sich gegeneinander verteidigt, und das war's.

Die mächtige Mentalität, die an Bord war, das Wesen, das sie besaß, das Exemplar, das niemand gesehen hatte, spielte vielleicht eine seiner letzten Karten.

Etwas erfrischt ging Kalf zu der Tafel hinüber, hinter der Jem stand.

Er versuchte, die Zelle aufzubrechen, um durchzukommen,

Aber er konnte nicht. Von der anderen Seite hatte Jem sie selbst, einem seiner Befehle gehorchend, abgeschnitten.

Er zuckte mit den Schultern, und Laser in der Hand ging weiter den Flur entlang, drehte sich nach rechts, ging zum Kontrollraum, und dort, wie überall, hing der üble Geruch von verbrannter Materie.

Er fuhr sich mit der Hand über die Stirn.

Die Stille war erschreckend nach diesem Kampf zwischen den Mitgliedern seiner eigenen Crew.

Von Kabine zu Kabine scannte er das Schiff.

Er war alleine.

Er wurde allein auf einem Schiff zurückgelassen, das er vielleicht alleine bewältigen könnte ... vielleicht mit Astrid und Jem.

Ja, vielleicht würden sie ihm helfen, sie würden ihm helfen, wenn dieses Ding ... oder wenn Jem ... wenn er ihn dazu bringen könnte, den Raum zu verlassen, in dem er sich befand, nach den Befehlen, die er ihm nach Ords Tod gegeben hatte.

Astrid, Jem und der Roboterdoktor.

Es war völlig absurd.

Absurd und erschreckend.

Er versuchte, nicht darüber nachzudenken, ging zum Kontrollraum, schob die Konsole zurück, ging hinein, stellte den Laser neben sich ab und starrte auf den Computerbildschirm.

Eine Frage.

Die einzige, die ihm einfiel, die, die erledigt werden musste.

Wie ein Automat begann Kalf mit erstaunlicher Schnelligkeit auf Knöpfe zu drücken.

Wer und wieso?

Das war alles.

Und er hat sich tausendmal dumm genannt, wenn er dachte, dass das, was er in diesem Moment tat, viel früher hätte getan werden können; am Anfang, bevor was auch immer es war, dieses Gemetzel im Schiff organisiert hatte.

Jetzt könnte die Antwort viel wichtiger sein ... oder so wichtig wie am Anfang.

Er war sich sicher, dass der Schleier, der all dieses Geheimnis verbarg, vor seinen Augen gleiten würde

Nach einem weiteren leichten Zögern, nachdem er die beiden Fragen gestellt hatte, drückte Kalf den Ein-Knopf. rot auf die Tafel und wartete, die Augen auf den schwarzen Bildschirm gerichtet.

Ein weißer Streifen, der sich auf dem schwarzen Hintergrund abhebt

Jetzt anzünden.

Es hat schon geleuchtet.

Ich weiß nicht, wer oder wie, aber du wirst sterben, Kalf. Sie und alle auf dem Schiff. Du hast sehr wenig übrig..., sehr wenig...»

Das war die Antwort.

Kalf erstarrte, nahm mit nervöser Hand den «Laser» und drehte sich um, um sich der Tafel zuzuwenden.

Unbeweglich, dicht verschlossen, aber von außen zu öffnen.

Trennen Sie es von dort, von innen, von wo auch immer es war?

Aber würde es etwas nützen?

Kalf wusste es nicht.

Tod.

Das könnte sicher sein.

Er zitterte nicht, als ihm dieser Gedanke kam,

Dann wandte er sich den Kontrollboxen zu und nahm eine der Gegensprechanlagen zur Hand.

„ Ähm …?

Es gab ein leichtes Summen und er hörte ihre Antwort.

„Kalf…?

„Ja, so ist es.

"Etwas stimmt nicht?

Kalf schluckte schwer.

„Wir reisen allein im Weltraum, Jem. Etwas Schreckliches, Unheimliches ist passiert.

"Allein…? Aber ja…

„Hör zu … und unterbrich mich nicht, Jem", brach er ab. Und dann erklärte er in wenigen Worten, wie wenig er hatte sehen können. Er endete mit den Worten: „Ich werde Sie nicht bitten, da rauszukommen und zu kommen, vielleicht weil ich Angst habe, dass Sie nicht gehorchen werden. Ich bin im Kontrollraum und warte, ich weiß nicht einmal was.

"Wie wie…?

„Ich habe eine Frage an den Computer gestellt. Sie antwortet wie der Roboter nicht. Das heißt, nur eine Sache; dass wir alle sterben werden, dass uns nur noch wenig Zeit bleibt.

"Bist du dir sicher?

Kalf brauchte einige Sekunden, um zu antworten.

# KAPITEL IX

Dabei lächelte er, aber in seinem Lächeln lag Härte.

„Die Nachricht steht immer noch auf dem Bildschirm", sagte er. Der Computer hat angehalten und löscht es nicht, was mich vermuten lässt, dass dieses Ding... oder was auch immer es ist, es so eingerichtet hat, weil ich dachte, dass ich früher oder später versuchen würde, seine Identität auf diese Weise herauszufinden.

„Das deutet auf eine Intelligenz hin, die unserer weit überlegen ist und sogar ... Nun, warum nicht, Knut und den Mitgliedern des Großen Rates weit überlegen.

Kalf antwortete nicht.

Auch am anderen Ende schwieg Jem, bis er plötzlich hinzufügte:

„Ich gehe aus, Kalf, verstehst du? Ich möchte diese Nachricht sehen.

"Ich werde warten.

Er unterbrach die Kommunikation und richtete seine Augen auf den Bildschirm.

Die Botschaft von jenseits des Grabes, wenn man das so nennen konnte, lag klar und deutlich vor seinen Augen; unauslöschlich.

Oder zumindest schien es so.

Kalf fing an, am Computer herumzubasteln, versuchte ihn trotz Jems Gerede zu löschen; es zum Laufen zu bringen, aber all ihre Bemühungen waren vergebens.

verzichtet.

Dann, wie von einer plötzlichen Idee gepackt, drehte er sich noch einmal um, nahm die Sprechanlage ab und rief:

„Jem ... Hör zu, Jem ...

Schweigen.

„Jem ... Hey, Jem; Ich bin Kalf, verstehst du? Komm da nicht raus; TU es nicht. Es ist... Es ist furchtbar gefährlich.

Schweigen.

Jem hatte den Maschinenraum bereits verlassen, den Reaktor des Raumschiffs unbeaufsichtigt.

Kalf zuckte mit den Schultern... Natürlich, mit ein bisschen Glück würde Jem an seiner Seite sein und... mit ein bisschen Astrid... Astrid, die drei... und das Kommando über das Schiff.

Die Rückkehr...

Plötzlich ließ er die Sprechanlage fallen, der andere nahm das Sternzeichen und begann hektisch zu senden, wobei er bemerkte, dass er trotz seiner Gedanken und Wünsche, trotz der Tatsache, dass sie unter den dreien die Erlösung erreichen könnten, oder zumindest dachte er, dass er damit anfing die Nerven verlieren

„XA 23 ruft Galaxy III an ... XA 23 ruft Galaxy III an ... Antwort.

Er wartete, aber räumliches Schweigen war die einzige Antwort, die er erhielt.

„XA 23 ruft Galaxy III an ... Es ist ein Notfall. Im Inneren des Schiffes tut sich etwas. Antworten. Wir bleiben allein, Astrid, Jem und ich. ZUM. 23 anrufen.. ,

Die interräumlichen Übertragungswellen müssen das Schiff verlassen haben und sich mit weit über Lichtgeschwindigkeit in alle Richtungen fortbewegt haben, aber sie haben die Dritte Galaxie nicht erreicht.

Sie haben das Raumschiff nicht wirklich verlassen.

Sie entkamen nicht einmal der Gegensprechanlage, obwohl alle Kontrollen etwas anderes signalisierten.

Kalf wusste es nicht, aber hier funktionierte seit Stunden nichts, obwohl alle Zeichen darauf hindeuteten.

Er rief immer wieder an, noch mehrere Male, bis er entmutigt den Sender fallen ließ. Er musste für sich selbst sorgen ... mit Astrid und Jem ... wie er zuvor gedacht hatte, wenn das Ding es zuließ. Wenn die schicksalhafte Nachricht, die noch da war, vor seinen Augen...

Da er dachte, dass das Space Control Center ein Problem haben könnte, was nicht zum ersten Mal passierte, wirbelte er herum und blickte auf die Tür, die sich jetzt öffnete, um Jem durchzulassen.

„Es ist ... es ist schrecklich, Kalf", begann er. Diese Stille ist...

Kalf antwortete nicht; Ich sah ihn an.

Vor seinen Augen rückte Jem vor.

Ein, zwei, drei Schritte, sogar vier, aber keinen mehr, denn dann sah er das Monster, den Schrecken, der auf ihn zukam, sicher, ihn mit seinen schwarzen Augen ansah, sabberte und den «Laser» auf die Hüfte hob Höhe..

Vor ihm blieb Jem stehen, zögerte ein wenig und rief mit fahlem Gesicht:

„Tu es nicht, Kalf! Nicht... Nicht schießen!

Er wusste, dass er es in ein paar Sekunden tun würde, unterbrach seinen Schrei und sprang.

* * *

Das große Zimmer.

Die Mitglieder des Weltraumrates.

Lillie drückte sich an Dee.

"Hast du Angst?

„Ein bisschen", flüsterte sie.

„Du darfst es nicht haben.

„Ich habe keine Angst um mich selbst", antwortete sie. Nur zur Trennung.

Zwischen den beiden entstand eine kleine Pause, die Dee unterbrach.

„Uns wurde gesagt, dass wir uns setzen sollen, Lillie", sagte er.

„Werden sie uns schlafen legen?

"Kann sein.

Sie nahmen Platz.

Ihnen gegenüber, auf der anderen Seite des Tisches, saß Knut.

Swift war an seiner Seite, still, düster, finster.

Ja; das war das richtige Wort, um es zu definieren.

Lillie dachte es sich, sagte es Dee aber nicht einmal; dann versuchte sie, die Schleusen ihrer Gedanken zu schließen.

Dabei leuchteten Knuts stechende kleine Augen ungewöhnlich auf.

Trotz allem, was sie sagte, hatte der Erdling Angst.

Swift saß neben Knut.

Und er fing als erster an zu reden und wandte sich an Dee:

„Melden Sie diese Schiffe", sagte er.

Lillie hatte das Bedürfnis, die Antwort zu geben:

„Dee weiß nichts davon, Swift. Die Sache war allein meine Sache. Die Entscheidung...

Ein anderes Mitglied des Great Space Council wies mit seinem struppigen Kopf nach ihr und streckte einen übermäßig langen Arm in ihre Richtung aus.

„Du bist ein Exemplar namens Frau, richtig? "Er hat gefragt.

Ohne dass sie es verhindern konnte, funkelten Lillies Augen.

„Ja, das stimmt", antwortete er.

„Nun, du musst die Klappe halten, bis dich ein Mitglied des Rates fragt.

Lilli biss sich auf die Lippe.

Auf der anderen Seite des Tisches waren Knuts Augen voller Freude.

Das Spiel gefiel ihm.

Dieser Erdling hatte auf seinen Befehl hin ihren Verstand verschlossen und er versuchte, ihn zu öffnen, aber er konnte es nicht.

Unterdessen wandte Lillie ihre Augen von Swift ab.

„Du hast meinen Geist geleert und du weißt, dass ich die Wahrheit spreche", bestätigte sie. Ich beschloss zu kommen. Dee wollte nicht; er wusste, dass es gefährlich war.

Es folgte ein langes, schweres Schweigen.

„Melde dich, Lillie", erwiderte Swift, „aber lass es dir in den Sinn kommen. Ich versuche es, aber ich kann nicht.

Es war wahr und Lillie wusste es.

Sie richtete ihren Blick auf Dee.

„Tu, was dir gesagt wird", antwortete er auf ihre unausgesprochene Frage.

Lillie schloss die Augen und sprach, ohne sie anzusehen.

„Knut macht einen Fehler", sagte sie leise. Niemand versucht ihn im Großen Rat zu diskreditieren. Er muss schlafen oder er würde sterben. Er ruhte sich aus, als uns klar wurde, dass das, was mit der XA 23 geschah, eine gewisse Ähnlichkeit mit dem hatte, was mit anderen Schiffen geschah. Schiffe, die aus dem einen oder anderen Grund gezwungen waren, Kontakt mit diesem Asteroiden aufzunehmen. Dee sagte, ich soll dich anrufen und... , und... das wollte ich nicht. Andererseits wusste ich nicht, ob er uns glauben würde oder nicht.

Sie ist eingeschlafen

Eine seltsame Trägheit überkam sie, und eine Sekunde, bevor sie den Kontakt zu allem verlor, fragte sie sich, ob Dee dasselbe erlebte wie sie.

Sie öffnete mühsam die Augen.

Sie sah sich um und ihr Blick traf den von Dee.

„Wie bin ich hierher gekommen? fragte sie und setzte sich auf.

"Ich brachte dir.

Sie sah sich wieder um, überrascht, sich neben ihm im Raumkontrollraum wiederzufinden.

Seltsam auch, dass Knut nicht dabei war.

"Wo ist es?

"Wer?

„Knut.

„Mit dem Großen Rat.

"Was ist mit mir passiert?

"Du schliefst.

„Das schon. Ich weiss. Und du?

"Es war nicht nötig. Ich habe mich nicht so verschlossen wie du", er sah sie unverwandt an, als hätte er sie noch nie zuvor gesehen, als ob ihm genau in diesem Moment klar wurde, dass etwas Seltsames an ihr war, das schon immer da war, und das tat er Ich weiß nicht, wie ich es bis zu diesem Moment sehen soll. Sie sagten, dass Sie, obwohl Sie eine Erdbewohnerin sind, den mächtigsten Verstand in der gesamten Galaxie haben. Stärker als Knuts eigener. Wenn du es nicht zugelassen hättest, wäre keiner von ihnen, zusammen oder einzeln, in dein Gehirn eingedrungen. Knut hat gestanden, dass er angefangen hat, es zu versuchen, sobald Sie sich an den Tisch gesetzt haben, und dass er es nicht geschafft hat, bis Swift Sie gebeten hat, es ihnen leicht zu machen.

" Und... ?

„Ich weiß nicht, was es bringen wird.

"Warum?

„Sie haben nichts gesagt, Lillie. Nur um dich hierher zu bringen und zu warten.

Lillie brauchte einige Sekunden, um zu antworten, und als sie es tat, stellte sie eine neue Frage:

„Glaubst du, dass ich trotz meines Verstandes für den Rest meiner Tage auf irgendeinen Planetoiden deportiert werde? Knut ist sehr mächtig.

"Ich weiss.

"Dann...

„Ich werde trotz des Großen Rats mit dir gehen, Lillie. Ich werde einen Weg finden, wenn du mir hilfst.

"Was soll ich machen?

„Vorerst nichts. Aber wenn es doch der Fall ist, werden wir uns über den Verstand melden.

„Es ist verboten und ...

„Ich weiß, aber es ist ein Kommunikationsmittel zwischen den beiden, dem sie nicht ausweichen können. Und jetzt sei still; Ich werde versuchen, etwas über das Schiff herauszufinden.

Konnte nicht.

Im Weltraum, mehrere Lichtjahre entfernt, reagierte XA 23 weiterhin stumm auf all seine Versuche, Kontakt herzustellen.

Als er fertig war, sah er sie mit einem Ausdruck der Entmutigung in den Augen an.

"Irgendein.

"Es war erwartet.

"Warum?

„Wir haben uns zu spät geeinigt. Ein Fehler von beidem.

Aber sie lag falsch, was sie damals nicht wusste.

„Oder alle drei.

„Knut wird das niemals zugeben.

Sie verstummten.

Nein, das würde er nicht, und aus diesem Grund würde die Trennung der beiden nicht lange auf sich warten lassen.

Knut war unfähig zu lieben, er verstand solche Dinge nicht.

Es war nicht mehr und nicht weniger als ein riesiger außersinnlicher Computer, im Gegensatz zu seiner geringen Größe.

Dee war derjenige, der wenig später das Schweigen brach.

„Sie sind spät dran", sagte er.

Lilli begegnete seinem Blick.

„Es macht dir Sorgen?

"Nö.

Sie verstummten wieder.

Sie dachten.

Dee versuchte herauszufinden, was im Großen Rat vor sich ging.

Lilli denkt dasselbe, aber anders.

Sie versuchte, sich durch ihre Gedanken den Weg zu den Mitgliedern zu bahnen, die es komponierten, bis es ihr gelang.

Sie lauschte ohne große Anstrengung, das war die Wahrheit, und wusste bereits, dass sie es ohne Schwierigkeiten schaffen würde.

Ein paar Minuten später drehte sie sich zu ihm um; Dee konnte deutlich erkennen, dass ihr Gesicht verschleiert war.

„Dee..." ihre Stimme war ein Flüstern. Ich ... ich kann nicht ... ich kann niemals tun, was sie von mir verlangen ... es ist ... es ist unmöglich, Dee, Liebes ...

Sie machte einen Schritt auf ihn zu, kam ihm aber nicht ganz nahe.

Die eiförmige Platte hinter ihnen schwang auf und gab den Blick auf Knut frei, der sich ihnen näherte. Er blieb vor ihnen stehen, hielt inne und fragte:

„Irgendwas Neues, Erdlinge?

Lillies Gesicht wurde blasser.

Dee seinerseits verzog das Gesicht.

„Keine Neuigkeiten", sagte er.

"Den gibt es bald", sagte Knut.

Er kletterte auf das Tischbein und setzte sich vor die intersiderale Getriebesteuerung, aber er hob keinen auf.

Seine kleinen Augen, hart wie Diamantspitzen, waren auf Lillies fixiert.

Bis er fragte:

„Das weißt du doch schon, oder?

Zu Dees Überraschung antwortete sie:

„Ja. Aber ich werde es nie kapieren. Ich meine, wir werden es nie kapieren ...

„Das wirst du, Lilli. Jetzt. Wir könnten... Wir könnten noch pünktlich sein. Komm schon, Lillie, versuch es.

"Ich ... ich kann nicht, ich werde nicht in der Lage sein ...

„Der Große Weltraumrat will es so ... natürlich mit meiner Stimme, Erdenfrau. Komm schon, Lillie, die gesamte III-Galaxie liegt in deinen Händen.

Worte, die in Dees Ohren klangen, als würden sie in einer ihm fremden Sprache gesprochen, da er sie nicht verstand.

Er sah sie an.

Lillie schwieg, sie sah Knut auch nicht an, oder auf die Schalttafeln, auf die Computer, auf die Fernsehbildschirme, die stumm blieben, aber ihre Augen hatten tatsächlich den Ausdruck verändert.

Dumpf, dumpf, auf eine der Wände fixiert und sie beobachtend, hatte Dee die Intuition, dass sie diese Wand nicht sah, dass sie nichts im Raum sah.

Dass sie etwas «sah» oder zu «sehen» begann, etwas, das da war, viel, viel weiter weg.

Sie begann zu schwitzen, ihr Gesicht war verzerrt und ihre Lippen waren blutleer.

Jetzt hielt sie ihre Hand an ihre Stirn, und sowohl Dee als auch Knut konnten sehen, dass sie ihre Hand an ihre Schläfen drückte; Hand, die auch schwitzte. Schweiß, der ihren ganzen Körper zu durchtränken begann, so dass irgendwann ihre Brüste unter dem Aluminiumtuch, das sie trug, stark hervortraten, aber sie schien es nicht zu bemerken.

Sie schien nichts zu bemerken, außer dem, was dahinter lag, Tausende von Kilometern Lichtjahre entfernt ... wenn es wirklich etwas gab.

Die andere Hand, die linke, hatte jetzt ihre Finger auf der Tischplatte verhakt, weiße Finger, kein Blut; die Schweißperlen liefen ihr den Hals hinunter und verschwanden zwischen der Geburt ihrer Brüste...

Die Stille war beklemmend.

Dee spürte, dass auch sie anfing zu schwitzen und dass sich ihre Angst allmählich auf sie übertrug.

Knut war das gleiche teilnahmslose Wesen wie immer; nur seine hellen kleinen schwarzen Augen waren, wenn möglich, heller als sonst.

# KAPITEL X

Plötzlich begannen völlig unverständliche Worte aus Lillies Mund zu strömen.

Etwas, das keinen Sinn ergab, das nicht verstanden wurde, bis sie plötzlich mit einer Stimme, die nicht ihre eigene war, jetzt mit vollkommener Klarheit sagte:

„Dieses ... Ding ... es ist ... es ist schrecklich und es ist hungrig. Es ist... Es ist unersättlich. Sein... Verstand... ich kann nicht, ich kann ihn nicht durchdringen..." Sie schwieg ein paar Sekunden, um weiter zu sagen: Ming... Kalf und... Jem... alle. .. alle. .. Ich kann nicht ... mit ihnen in Kontakt treten. Dieses Biest hat die Schleusen seines Verstandes geschlossen. Jem... und Kalf... sie... sie noch... Astrid! Aber sie schläft.

„Versuch es, Lilli. Weiter versuchen! "Knuts Stimme war wieder so grün wie sein Körper." Lass uns bald gehen!

Ein weiteres Schweigen, lang, unermesslich, das auf die gleiche Weise gebrochen wurde.

"Dee... Es ist... schrecklich" sie sah ihn schon an und sie zitterte; Die Angst, der Schrecken waren weiterhin auf ihrem Gesicht zu sehen, und sie war so ausgerenkt wie am Anfang." Ich ... ich ... ich weiß nicht ... ob ... ich es geschafft habe oder nicht, aber Astrid ... Astrid ... dieses Mädchen ... Oh, Dee!

Und sie fiel in seine Arme und verbarg ihr schönes, blasses Gesicht an seiner Schulter.

Kalt und teilnahmslos beobachtete Knut sie.

Natürlich verstand er sie nicht, er würde sie niemals verstehen, und deshalb verschwendete er nicht einmal Zeit, es zu versuchen.

Aber was auch immer es war... Erdlinge waren nicht so absurd, wie er dachte.

„Komm schon, Lillie", sagte er, „berichtet.

Und sie, immer noch blass, ihre Brüste bewegten sich sanft unter dem Aluminiumanzug, mit dem sie sich bedeckte, löste sich von Dee und drehte sich um, um ihn anzusehen.

* * *

Er öffnete die Augen und sah sich um.

Fast vor ihm war ein schreckliches Loch, und ein Teil eines Computers war weg.

In der Atmosphäre hing immer noch der üble Geruch von brennenden Kabeln, geschmolzenem Stahl und anderen Materialien, auch im Schmelzen.

Und noch etwas, auch vor ihm.

Mit einem Bein über dem anderen sitzend, den „Laser" in der einen Hand und die andere, seine eigene, im Halfter, beobachtete Jem ihn aufmerksam.

"Was ist passiert...?

»Du hast versucht, mich umzubringen, Kalf ... aber ... Nun, ich hatte Glück. Ich bin aufgesprungen und habe dich hart geschlagen", zeigte er über seine Schulter auf seinen Rücken. Dieses Loch könnte jetzt in meiner Brust sein, verstehst du? „Er zögerte ein paar Sekunden und fragte": Was zum Teufel ist mit dir passiert? Ich dachte... ich dachte, du wärst verrückt geworden.

»Dieses Ding ... der Terror, Jem«, sagte er. Ich sah den Terror auf mich zukommen... und du warst es.

„Erkläre, Kalf,

Aber er kannte die Antwort, die er erhalten würde, lange bevor er sie ihm gab.

„Es war ... dieses Biest. Er hat mir sein Bild eingeprägt, als du aufgetaucht bist, Jem... und der Rest ist einfach. Es war... so einfach wie... als unsere Leute anfingen, sich gegenseitig umzubringen, weißt du? Vielleicht hat er gehört, wie ich dich angerufen habe und...

Jem, den Blick auf den Bildschirm gerichtet, den er ansonsten fast eine Sekunde nach dem Aufprall auf Kalf sah, wo die schicksalhafte Nachricht noch andauerte, unterbrach ihn;

»Du hast das Ding gesehen ... oder wie du es nennen willst, Kalf. Was war es? Wie ist es?

Kalf stand auf; Ihm gegenüber behielt Jem ihn im Auge.

„Wenn ich dir das sagen würde", „antwortet Jem", würdest du sagen, dass ich verrückt bin... , und ich denke, du hättest Recht. " Er warf einen kreisenden Blick um sich und fuhr fort: „Das funktioniert alles, Jem... Du siehst es selbst... Aber ich fürchte, dass nichts, was wir hier sehen, wahr ist.

"Was zur Hölle...?

„Es ist wahr. Alles funktioniert, ohne einen einzigen Fehler, ohne einen einzigen Fehler, aber es kann genau das sein ..., ein Bild, eine Fata Morgana, die uns in den Sinn gekommen ist von ..." Er schwieg ein paar Sekunden und dann rief: „Astrid, Jem! Ich hatte sie ganz vergessen.

"Wo ist sie?

»In ihrer Kammer ... und sie wird nicht herauskommen, wenn wir nicht nach ihr suchen ... Und dieses Ding ist lose auf dem Schiff. Du kannst ihr mein Bild ins Gedächtnis rufen und sie... Komm schon, Jem, wir dürfen keine Zeit verschwenden.

Er ging zur Tür, aber Jem trat vor ihn.

„Lass Astrid, Kalf... Es ist... traurig... aber das Schiff kommt zuerst. Komm, hilf mir, wir überprüfen das alles noch einmal, wir beide zusammen.

Er zweifelt.

Jem beobachtete, wie er zögerte, bis er schließlich seine mächtigen Schultern zuckte und antwortete:

„Richtig... Aber wenn wir nichts kriegen, gehe ich Astrid suchen. Ich möchte an ihrer Seite sein, wenn... wir das Ende erreichen.

Jem antwortete nicht, ging seitwärts, behielt ihn im Auge, hielt immer noch den »Laser«, und näherte sich einem der Steuerkästen, gerade als der Computerbildschirm, nachdem er hochgefahren war, seine Helligkeit verlor. Löschen der Nachricht.

Dann schienen im Inneren des interstellaren Schiffes in der Kontrollbox alle Kontrollen verrückt zu spielen.

„Guter Gott, Kalf, sieh dir das an!

Aber er hatte es auch gesehen.

* * *

Kalf brauchte zu lange.

Sie wusste nicht, ob die Verzögerung auf eine andere Ursache zurückzuführen war, aber es könnte sein, dass es Teil dieses schrecklichen Spiels war.

Sie wollte ihn, sie sehnte sich danach, ihn an ihrer Seite zu haben, in ihren Armen, und all diesen Horror zu vergessen.

Wie lange war sie wach?

Sie wusste es nicht, konnte es überhaupt nicht wissen.

Sie sprang vom Bett auf den Boden; es gab kein Geräusch, was nicht seltsam war. Die Gegensprechanlage in ihrer Kabine war geschlossen; Als Folge von Ords Schrei hatte sie es getan und alles war gegen Lärm konditioniert und gegen alles, was einen stören könnte, um das reibungslose Funktionieren der Maschine zu gewährleisten, in die jeder menschliche oder außermenschliche Organismus geraten war.

Sie war auch müde. Sie musste sich ausruhen, und sie wusste es, genau wie Space Control. Es kannte alle seine Mitglieder seit dem Tag, an dem ihr die Mission übertragen wurde, die sie als Wissenschaftlerin auf jenem Planetoiden ausgeführt hatte, von dem sie jetzt zurückkehrte.

Ja, Kalf war spät dran und sie brauchte Kalf, aber sein letzter Auftrag war endgültig gewesen.

Sie darf ihre Kabine unter keinen Umständen verlassen.

Sie ging dorthin, wo sie seine Kleidung gelassen hatte, und ihr nackter Körper zeichnete sich für ein paar Sekunden gegen das Licht mit der Wand hinter ihr ab.

„Ich beobachte dich, Astrid.

Sie schauderte heftig.

„Kalf...", rief sie im Geiste, fragte sie, sich des Verbots von Space Control nicht bewusst wie zuvor.

„Ja. Und ich sehe dich. Du bist wunderschön.

„Aber ... Kalf; das ist nicht richtig. Andererseits kannst du mich nicht mit deinem Verstand sehen.

Sie hörte ihn lachen.

„Sicher nicht, aber du siehst dich an, und ich..., ich dringe in deine Gedanken ein, und für den Fall ist es dasselbe. Du findest dich schön, Astrid, und ich sehe dich auch so. Und keine Sorge, es wird nicht wieder vorkommen. Es entstand eine kurze Pause, und Kalfs Stimme hallte wieder in ihrem Gehirn wider, überzeugender denn je: Warum kommst du nicht?

„Wenn du aufhörst, meine Gedanken zu durchsuchen, werde ich es tun.

„Ich nicht mehr, Astrid, aber ich liebe dich immer noch.

Sie lächelte.

„Ich weiß", sagte er. Sag mir, wie läuft alles?

„Meinst du das Schiff?

„Ja, so ist es.

„Da ist niemand drin, Astrid.

Schaudernd sah sie sich um, und Kalf sagte:

"Hast du Angst?

"Ja. Was... Was ist passiert?

„Etwas Schreckliches, aber ich habe das Ding getötet, das es verursacht hat.

"Erklären Sie es mir.

"Wenn du kommst. Wirst du es tun?

Astrid ließ einige Sekunden des Schweigens verstreichen, bevor sie antwortete:

"Ja, wo bist du?

„Im Kontrollraum. Ich versuche, das Schiff zu verlangsamen. Wir nähern uns Ceres und ich brauche Ihre Hilfe. Komm schon, komm… Ich werde auf dich warten.

»Ich bin fertig mit dem Anziehen, Kalf.

„Komm nicht zu spät. "Es gab eine Pause von Sekunden und er fügte hinzu": Bring etwas zu trinken. Das möchte ich feiern.

"Und was ist?

„Du und ich, Astrid. Die beiden allein im Zentrum des siderischen Universums. Du kommst?

„In sehr kurzer Zeit, Kalf, Liebe …

"Ok ich werde auf dich warten.

Mehr gab es nicht.

Die beiden allein in der Mitte des…

lächelte.

Sie hatte keine Angst, sie konnte es nicht sein; nicht mehr.

Sie begann sich anzuziehen und wechselte schnell die Anzüge.

Kalf war ein Erdling wie sie selbst, und sie wusste, dass ihm unter anderem ihre Beine am besten gefielen.

Sie sah sie an.

Perfekt.

Astrid gab sich noch ein paar kleine Zwicken und ging zum Panel mit der Absicht, den Korridor zu erreichen.

Plötzlich blieb sie stehen, als wäre sie gegen eine unsichtbare Barriere gestoßen, zögerte ein paar Sekunden, legte die Hand an die Stirn, und dann ging sie wie ein Automat zurück, näherte sich dem kleinen Häufchen ihrer Kleider auf dem Bett Sie holte die kosmische Strahlenkanone heraus, legte die Hände auf den Rücken und jetzt ging sie ohne ein einziges Zögern hinaus.

Sie sah in beide Richtungen.

Die Stille war erschreckend und bedrohlich.

Als sie die erste Kurve erreichte, hatte sie das seltsamste Gefühl, dass jemand sie beobachtete, und es war bestimmt nicht Kalf.

Und noch einer; dass sie ohne Angst weitermachte.

Sie versuchte, mental mit ihm zu kommunizieren, aber sie konnte es nicht.

Sie bog um die Kurve.

Nichts und niemand.

Kalf hatte sie nicht angelogen, als er ihr sagte, dass sie nur zu zweit auf dem Schiff seien.

Es war schrecklich.

Sie machte einen, zwei, drei oder vier weitere Schritte, mit automatisierten Bewegungen, als ob etwas oder jemand geistig Mächtiges sie anschubste. Immer mit den Händen hinter dem Rücken folgte sie der Richtung, die sie zu der Abteilung führen würde, die als Lager, Lebensmittelgeschäft und einiges mehr diente.

Sie blieb jetzt stehen, um zurückzublicken.

Nichts noch niemand; aber es war unlogisch, fast unwirklich, dieses Gefühl von Macht, von Stärke, das sie in diesem Moment zu empfinden begann.

Und vor allem ihre absolute Angstlosigkeit.

Astrid verstand das alles, obwohl sie aufhörte, das „Warum" der Tatsache zu sehen, um es zu verstehen.

Sie sah noch einmal nach.

Schweigen.

Nichts und niemand...

# KAPITEL XI

Bis zu diesem Augenblick hatte sie nur das Echo ihrer Schritte gehört, das sich durch das Kirchenschiff auszubreiten schien, und jetzt, bewegungslos, in der Mitte des Korridors, war das Echo verklungen.

Auch das Gefühl, beobachtet zu werden, war verschwunden, und nach dem Schrecken dieser Stunden überkam sie eine seltsame Ruhe; Ihre schönen Beine hatten aufgehört, sich zu erwärmen.

Wieder dachte sie an Kalf und versuchte, Kontakt mit ihm aufzunehmen.

Drei knappe Sekunden genügten, um es zu bekommen.

„Kalf...

"Ja...?

„Du hast gesagt, wir wären allein auf dem Schiff, richtig?

"Ja natürlich warum?

„Nun, plötzlich hatte ich Angst..., aber jetzt nicht mehr. „Sie hielt inne und fragte"; Weißt du, wo ich jetzt bin?

Ein paar Sekunden lang herrschte Schweigen.

"Ja. Sie sind in der Nähe des Lagerhauses des Schiffes,

"Y. „?

„Beeil dich, Astrid. Bring etwas mit und komm, ich kann nicht viel Zeit mit der Steuerung verbringen, Jem ist auch gestorben, verstehst du? Sie sind alle gestorben, aber ich habe den Terror getötet. Habe ich, liebe Astrid, und beeil dich bitte ... aber bring etwas zu trinken mit.

Sanfte, liebkosende Stimme...

Sie fing an zu laufen.

Astrid durchquerte schnell den verbleibenden Raum, um die Tafel zu erreichen, die sich wie immer zur Seite bewegte und die Lücke vor ihr ließ, und trat ein.

Sie war im Dunkeln.

Sie trat einen Schritt vor und blieb stehen.

Und ihr Verstand war völlig klar, als sie telepathisch fragte:

„Kalf...? Das ist sehr dunkel. Wo sind die Getränke?

Sie machte einen weiteren Schritt und noch einen... und die pelzigen Pfoten schlangen sich um ihren Körper.

„Komm, mein Lieber", sagte es mit seiner Spinnenstimme.

Astrid schrie nicht, sie bewegte sich nicht, sie empfand keinen Ekel, als sie diese starrenden schwarzen Augen vor sich sah, diesen schrecklichen Mund und das dicke, weiße, schleimige Tuch, das zu schreien begann heraussickern, aber sie nahm ihre Hand von ihrem Rücken und drückte in Hüfthöhe auf den Abzug.

Da war ein Funke, eine Wolke aus blauem und schwarzem, stinkendem, ekelerregendem Rauch, und der schrecklich missgestaltete Körper, der sie drückte, stotterte aus ihrer Netzhaut ... aber ohne ein einziges Rasseln, ohne ein Wehklagen, ohne etwas, selbst wenn es gewesen wäre war ein Schrei, ein Stöhnen ...

Es verschwand einfach im Nichts.

Sie taumelte, trat ein paar Schritte zurück, immer zögernd, und suchte den Korridor, an dessen Wand sie mit einem bleichen Gesicht wie das einer Toten lehnte.

Aber sie lebte, und das zählte. Sie sah das Grauen; es sperrte sie in seine Arme, und sie beendete es.

Der schreckliche Alptraum war für immer verschwunden.

Sie dachte an Kalf, immer noch erschüttert.

„Kalf... Kalf... Es war... Es war schrecklich. Kalf... "gerufen". Hallo Kalf...

Sie stieß sich von der Wand ab und ging in immer dichter werdendem Schweigen auf den Kontrollraum zu.

Jetzt zählte sein Bann, Kalfs Bann, nichts. Alles war vorbei und vor ihnen beiden ... wenn sie mit dem interstellaren Schiff fertig wurden, würde sich die Zukunft öffnen.

„ Kalf... Kalf... Was ist los mit dir? Kalb, Liebes...

Sie ging weiter, mit der Waffe in derselben Position, auf Höhe ihrer Hüfte.

Ein Schritt, ein weiterer, ein weiterer ... sie erreichte fast das Ende des Korridors, das Echo ihrer Schritte dröhnte metallisch in ihrem müden Gehirn, während eine seltsame Lockerheit sie übermannte.

„Kalf..., Liebe... Kalf...

Dann sah sie ihn, allein, mit dem „Laser" in der Hand, um die Ecke kommen und wie er fast im Stehen stehen blieb und sie seinerseits sah.

„Astrid!

Sie taumelte, schwankte ein wenig, die kosmische Strahlenkanone glitt ihr mit einem dumpfen Knall aus der Hand, und mit einem kleinen Schrei rannte sie zu ihm, der nur die Arme öffnen musste, um sie zu empfangen.

„Kalf ... Kalf ... Es ist ... Es ist schrecklich ...", rief sie aus, aber ich habe keine Angst. Ich werde es nie mehr haben. Das Schiff ... das Schiff ...

Kalf unterbrach sie.

„Alles läuft gut, Astrid", sagte er leise. Jem sitzt am Steuer, unterstützt vom Autopiloten. Nein ... ich weiß nicht, was passiert ist, aber ... aber ... plötzlich schienen alle Kisten und Steuerungen verrückt zu spielen, und dann ... dann haben sie sich an einem Punkt, in einer Richtung, verriegelt, und mir wurde klar dass sie den wahren Kurs des Schiffes anzeigten. Wir wollten nicht nach Ceres, Astrid, sondern zu dem Asteroiden, wo wir das erste Mal angehalten haben... Es war... Es war viel zu früh, sonst wären wir hineingefahren. Jetzt wurde es zurückgelassen, verloren im Himmel von Antares.

"Und und...

„Wir kehren zur III-Galaxie zurück. Es ist wahr. Jetzt ja. Jem hat Kontakt mit Knut aufgenommen... und der aktuelle Kurs stimmt... Und ohne... ohne das Ding... was... was...

„Also, weißt du es?

„Nö. Zumindest nicht ganz, Astrid. Knut sagte nur, dass jetzt der richtige Weg sei ... weil die Gefahr weg war." Er fuhr sich mit der Hand über die Stirn und fügte hinzu: „Sie haben versucht, mich und Jem zu erreichen, aber sie konnten Wir hatten uns vor allem verschlossen... um zu verhindern... um zu verhindern, dass das Biest in sie eindringt und uns zwingt, uns gegenseitig zu töten. Und du, Astrid...

Sie unterbrach ihn, indem sie ihre Hände auf seine Schultern legte, als suche sie seinen Schutz.

»Es war ... es war Lillie, Kalf. Diese Freundin von dir. Dieses Dee-Mädchen in Galaxy III. Sie drang in meinen Verstand ein, untersuchte ihn bis in den letzten Winkel, während ich schlief, und dann ..., dann ... Nun, ich weiß es nicht genau, aber ich weiß, dass sie es war, die eine Barriere zwischen meinem Verstand und dem errichtet hatte des Terrors ... , und ich ging ihm entgegen, während es mit deiner Stimme und in deinem Namen von Liebe zu mir sprach "sie wies zurück, wo die kosmische Strahlenkanone zurückgelassen wurde". Ich habe es aufgelöst, als es mich umarmte, Kalf. Es war... ungeheuerlich.

„Ein Wesen... „das hatte er auch in der Gestalt von Jem gesehen" mit mehr Intelligenz als wir alle zusammen. Mehr als Knut selbst... und mehr... mehr als Lillie selbst. Kann uns halluzinieren, uns gegeneinander zu werfen ... nur um seinen Hunger zu stillen. In der Lage, uns glauben zu machen, dass unsere Motoren nicht existieren, um uns zu zwingen, auf diesem Asteroiden, seiner Heimat, zu landen, damit er beim Öffnen der Luke in das Schiff eindringen könnte.

„Lillie ... Nur Lillie konnte das, Kalf. Sie wird innerhalb der III-Galaxie eine ebenso wichtige oder noch wichtigere Position einnehmen als Knut, und ihr Name wird die Liste der Diamanten des Weltraumrates anführen. Sie hat mich dazu gebracht, das Ding zu löschen, und ich... ich habe...

In diesem Moment fiel sie in Ohnmacht.

Kalf ließ sie nicht mit ihrem Körper den Boden berühren, sondern fing sie auf, bevor sie fiel; dann ging er mit ihr im Arm langsam zum Kontrollraum, wo Jem auf ihn wartete.

Er dachte an Ming.

Bei Ming und bei Astrid.

Sie hatten beide das Schiff auf dem Asteroiden verlassen und dann war Astrid diejenige, die zurückkehrte. Ming war verschwunden. Ming verschwand wie Rauch und Astrid... Astrid konnte ihn sehr wohl erledigen... Es musste so sein, Er selbst hätte Jem fast erledigt... aber Astrid würde das nie erfahren. Nicht durch seinen Mund.

Der Terror, das Ding ..., der monströse Geist, der sie bis dahin beherrscht hatte, war die Ursache für den Tod von Ming, dem Kommandanten des interstellaren Schiffes.

Tatsächlich geschah es so, obwohl Astrid selbst diejenige war oder sein musste, die die Waffe in ihrer Hand abgefeuert hatte.

Das Biest schloss eine Schleuse im Kopf des Mädchens, als sich das Ereignis ereignete, und diese Schleuse würde sich niemals öffnen. Er würde nichts tun, damit sie sich daran erinnert.

Kalf blieb vor der Tafel stehen, die zur Seite rutschte, und betrat den Kontrollraum.

»Wie geht's, Jem? "Er hat gefragt.

Nachdem er Astrids ohnmächtigen Körper lange betrachtet hatte, antwortete er:

„Kurs richtig, Commander. Ich fange an, das Schiff zu verlangsamen, um innerhalb von vierundzwanzig Stunden in die Atmosphäre einzutreten, die Planet I der III-Galaxie umgibt. Aber... Aber... du musst mir helfen.

* * *

In der Weltraumkontrolle der III. Galaxie wurden die Meinungsverschiedenheiten zwischen ihnen aufgehoben, falls es überhaupt so etwas gab, was man so nennen konnte, dass Dee unter den wachsamen Augen von Knut und Lillie den Schiffen die letzten Anweisungen gab, dass sie gehen mussten zum Asteroiden

Der Befehl lautete, es um jeden Preis zu zerstören.

Knut dachte.

Er hatte einige interplanetare Schiffe zusammen mit ihren Besatzungen verloren, aber er wusste, dass KL 1 das letzte war. Der mächtige Geist an seiner Seite in Form eines Erdling-Exemplars des anderen Geschlechts würde dies in Zukunft verhindern.

„...Ich liebe dich...Ich liebe dich..." Nein, sie waren nicht so absurd, obwohl er es nicht verstand; er würde es nie verstehen.

# ENDE